U.V. [유 브이]

U.V.
by Serge Joncour

Copyright ⓒ Editions Le Dilettante-Paris, 2003
Korean Translation Copyright ⓒ MUNHAKDONGNE Publishing Corp., 2005

This Korean edition is published by arrangement with
Les Editions Le Dilettante, Paris through Shinwon Agency, Paju.
All rights reserved.

이 도서의 국립중앙도서관 출판시도서목록(CIP)은
e-CIP 홈페이지(http://www.nl.go.kr/cip.php)에서 이용하실 수 있습니다.
(CIP제어번호: CIP2005001573)

Serge Joncour

U.V. [유 브이]

세르주 종쿠르 장편소설 | 성귀수 옮김

문학동네

▮ 차례

1부

— 당신의 궁전에서 내가 무엇을 발견할까요?

— 나의 궁전에서 그대 자신을 발견하리다,

그것으로 충분하오.

아흐메드 세프리위

그들을 안심시킨 것은 틀림없이 흰색이다.

어떤 낯선 사람이라도, 그렇게 머리끝부터 발끝까지 나무랄 데 없는 흰색으로 차려입고 정원 철책문을 밀고 들어선다면, 당신은 아마 경계할 생각조차 하지 못할 것이다.

오후 그 시간대쯤, 테라스에 쏟아지는 강렬한 햇살을 견딜 수 있는 사람은 쥘리와 바네사뿐이었다. 주위에 자기들 말고 아무도 없다는 걸 잘 아는 두 사람은 아예 수영복 상의마저 홀랑 벗어젖힌 채, 오로지 살갗 태우는 일에만 몰두하며 널브러져 있었다. 남자는 멀찌감치 떨어져서 짐짓 뜸을 들였는데, 사려 깊게도 뒤로 돌아서기까지 한 터라 어깨에 둘러맨 마찬가지 희디흰 배낭 색깔이 각별히 튀어 보였다. 쥘리는 얼른 셔츠를 챙겨 입었고, 거의 발

가벗은 거나 다름없던 바네사는 알몸은 가리되 타월을 바짝 조여 감는 바람에 오히려 그 몸매가 은근히 도드라졌다.

남자는 자신을 지켜보는 시선을 의식하는 사람들이 대개 그러 하듯, 약간은 과장되면서 거의 주춤대지 않는 걸음걸이로 여자들을 향해 걸어오고 있었다. 마치 주변 경관의 모든 것을 살피려는 듯, 그는 이리저리 눈길을 훑었다. 그가 착용한 레이밴의 광택나는 렌즈에는 그때마다 번뜩번뜩 반사광이 면(面)을 만들었다. 벨 벳처럼 매끈하게 다듬어진 잔디와 백색 석재로 꾸며진 트리아농 스타일의 궁궐 같은 저택, 계단 아래 막바로 이어진 풀장과 그 위에 두둥실 떠 있는 반투명의 튜브의자, 역시 임자 없이 방치된 원목 접의자 등등, 제대로 둘러보니 이만저만 럭셔리한 분위기가 거침없이 펼쳐진 게 아니었다.

어디서 본 적이 있던가? 두 여자 모두 기억을 더듬었지만 허사였고, 무슨 용건인지는 더더욱 오리무중이었다. 해변에서 봤나, 어쩌면 배 안에서 마주쳤는지도.

마침내 좀 상냥하게 이자를 맞아야겠다고 결심한 것은, 남자가 깍듯하게도 선글라스를 이마 위로 추켜올려서였다. 일종의 세심한 배려랄까, 더이상 시선을 가림으로써 상대를 불편하게 만들까봐 신경쓴다는 얘기이니 말이다. 더군다나 그 시선이라는 것이 앞을 찌릿하게 쏘아보는 푸른빛이라니, 그야말로 무슨 죄책감에서인 양 슬그머니 피하게 만드는 그런 눈빛이었다.

　남자는 필경 서로 잘 아는 사이이기라도 하듯, 아무 거리낌도 없고 그렇다고 뻔뻔스런 느낌도 없이 극히 자연스럽게 바네사를 향해 다가왔다. 그는 얼굴 가득 햇살을 안고 있었다.

다시금 수줍은 척하는 몸가짐을 잔뜩 취하고, 종종 초면에 움트기 마련인 은근한 적의는 슬그머니 자제하면서, 오히려 상대의 의지를 부추길 만큼 뒤로 빼는 듯한 태도를 가장하는가 하면, 내심 긴장을 풀고 평정을 되찾으면서, 때론 그토록 쉽사리 낯선 이한테 호감을 느낄 수도 있구나 하는 생각과 더불어, 유연함과 완고함 사이의 균형을 잡으면서……

필립은 지금 없는데, 그러잖아도 언제 돌아올지 날짜를 점치는 중이다, 내일이나 오늘 밤, 어쩌면 이제 막 도착하는 중일지도, 하여튼 종잡을 수 없는 사람이니까…… 그런 말들을 늘어놓으면서 여자들은 그다지 나무라는 투는 섞지 않고 자기들 동생의 흐리멍덩한 신뢰도를 꼬집고 있었다.

하지만 나한테 얘기하기론……

글쎄, 어쩌겠어요……

대답을 하는 여자들 태도 속에는 약간 짜증이 섞인 예의와 실망
시켜서 안됐다는 투, 어쨌든 헛걸음을 한 것 같다는 인식이 깃들
어 있었다. 남자는 자기소개를 했다. 보리스. 이름만으로 뭔가 떠
오르는 게 있었다. 더욱이 기숙사 친구라는 말이 나오자, 거의 징
역이나 다름없는 그 세월, 기숙학교 하면 누구나 알 만한 모든 면
면이 속속 연상되는 것이었다. 여자들은 동생에 대해 알고 있는
굳어진 추억들에서 이런저런 그림들을 끄집어내고 있었다. 딱딱
한 교육에 저항하면서 보낸 그 고통스런 시간들, 별반 성과도 내
지 못할 온갖 규범과 예절의 단련체제. 무엇보다 동생 자신이 그
증거 아니겠는가.

일순, 웃는 분위기로 술렁였다. 대개 그러면 여자들이 긴장을
푸는 거다. 자고로 처음, 그것도 이런 상황에서 누군가를 대할 때
는 어렴풋한 긴장감이 도사리는 법. 미리부터 남자는 완벽한 성
공을 점치고 있었다. 간단한 자기소개와 한줌거리밖에 안 되는
일화들, 오로지 상대의 눈동자만을 응시하는 교묘한 수법 등등,
정지(整地)작업들을 그는 가볍게 해치워버린 것이다.

두 자매 중에서 눈치가 좀더 빠른, 그러니까 씰룩해지는 감을

먼저 수습한 것은 쥘리였다.

"그나저나 비행기는 십일 뉴포트에서 떠났을 테고, 또 내가 알기론, 뉴욕에서 하루 이틀 정도는 지내고 싶어할 거구요……"

"어쨌든 칠월 십사일엔 와 있겠죠……"

동생의 지나치게 싹싹한 태도를 거슬려하며 바네사가 툭 내뱉었다.

순간, 오히려 새로운 화젯거리를 방금 제공했다는 것을 깨닫고는, 이젠 자신한테 화가 치미는 것이었다. 아니나 다를까, 매년 필립은 섬의 남단 끄트머리에서부터 신나게 폭죽을 쏘아댄다는 둥, 그렇게 가족은 물론 모든 피서객들의 욕구를 충족시킨다는 둥, 아무리 판에 박은 짓이라 해도 결코 그날 행사를 빠뜨리진 않을 거라는 둥, 사실 동생이 뭔가 쓸모 있는 사람이라는 걸 보여주고 자신을 과시할 수 있는 유일한 기회가 바로 그때라는 둥, 요컨대 7월 14일은 그에게 최고의 날이라는 둥, 프랑스 대혁명 기념일에 관한 온갖 시시콜콜한 이야기들이 쥘리의 입에서 거침없이 쏟아져 나오는 것이었다……

그런가 하면 보리스는 거기서 파생되는 온갖 애매모호한 즐거움을 눈에 선하도록 줄줄이 엮어대는데, 형형색색의 불꽃놀이라든가, 절벽지대라서 더욱 요란해지는 폭발음, 만(灣) 전체로 빛줄기가 쏟아져내리면 어김없이 솟구쳐오르는 환호성, 너나할것없이 회회낙락하는 그 모든 광경들하며……

　바네사는 가만 주저앉은 채로 약간 서늘한 듯 타월만 잔뜩 감아
쥐고 있었다. 그러고는 어떤 뜻에서든 틈을 보이지 않으려고 가
능한 한 움직임을 자제했다. 사실, 이 일로 또 한바탕 지지고 볶을
생각을 하니 은근히 속이 쓰려왔다. 도통 갈피를 잡을 수 없는 남
동생의 행보에 신경을 끈 지도 제법 오래지만, 이건 도가 지나치
니 말이다. 일말의 언질도 없이 이처럼 낯선 사람을 툭 내던져놓
질 않나, 이용요금도 내지 않아 먹통이 되어버린 전화번호 하나
만 달랑 남긴 채, 어디서 어떻게 자길 봐야 하는지 종잡을 수 없게
만들다니, 무책임한 태도가 또다시 극에 달한 꼴이 아닌가……
그리하여 또다시 괘씸한 생각이 들었고, 다시금 바로잡아야겠다
는 마음이 치밀었다. 이제는 불안함보다 분노가 더해서, 당장 눈
앞에 있기라도 하면 엄청 갖다 퍼부을 잔소리 생각만 간절해지는
것이었다.

　누구든 자기와 가까운 사람에 대해, 벨소리가 안 들릴 리는 없
는데 신호음만 속절없이 울리며 휴대전화가 전혀 반응을 안 해온
다면, 무슨 좋지 못한 일이라도 생긴 건 아닐지 덜컥 걱정부터 들
기 마련이다. 한데 필립의 경우에는 그런 게 거의 정상이고, 그저
늘 있는 천방지축의 습성 중 히니일 뿐, 당최 인제 칠들지 아무도

모를 평상시 모습에 불과했다.

　얼굴에 띤 웃음 뒤로, 바네사는 오로지 녀석을 얼른 붙잡아다 조목조목 잘못된 점을 꼬집을 생각밖에 없었다. 필립의 가벼운 성품을, 비록 장점은 못 되나 그 나름의 기질로 치부하려는 경향이 다들 지나쳤던 것이다. 설사 모든 사람이 남동생의 신뢰성 결핍에 넌덜머리를 내고 만다 해도, 그녀만큼은 끝끝내 그를 개과천선시키는 걸 단념하지 않을 터였다.

　"뭐 좀 마실 것 없습니까?"

　"아, 있고말고요. 바네사, 좀 가져다줄래……?"

　동생의 이 버릇없는 말투에 발끈한 바네사는 곧바로 표독스런 눈총을 보냈다. 그런 말투는 곧 이 낯선 남자의 존재 하나만으로도 그녀가 벌써 본성을 저버리고, 정식 손님맞이 역할로 나섰음을 의미했다. 타월을 바짝 여민 채, 바네사는 망쳐버린 오후의 찝찝한 기분 그대로 말없이 벌떡 일어섰다. 이런 뜻하지 않은 사건 때문에 뭔가 뒤틀리다보면, 마치 한번 던져진 주사위처럼, 종종 원상회복이 어려워지기 일쑤다.

　갈증 느끼는 것을 빌미로 남자는 자신의 여행경험을 하나하나 되짚어보고 있었다. 마치 여행 내내 갈증이 그를 따라다니기라도 한 것처럼, 갑작스럽게 길을 떠나게 된 것이며, 하선(下船)할 때의 현기증 나는 느낌, 가지각색의 유혹들, 어느 수도꼭지를 틀어봐도 매한가지인 물 마신 뒤끝의 소독약 냄새, 항구의 화장실이든 고속도로의 공기든, 카페에서 내놓는 물병이든 샘에서 솟는 물에서든 마찬가지인 그 냄새, 길을 찾는 데 따르는 어려움, 친구가 설명해준 대로 여정을 재구성해가며, 마치 그 자체가 하나의 갈증인 듯 길을 헤매었던 경험담.

쥘리는 자기 위로 뚱하니 서 있는 이 작자를 바라보며 내심 기뻤다. 지금 있는 이곳이 자신의 영역이기에 느끼는 우월감, 그렇다고 상대를 깔본다거나 무시하는 게 아니라, 매사 허락을 구하도록 만듦으로써 은근히 타인을 지배하고 있다는 소박한 기쁨을 즐기는 것이다. 원래 짓궂은 편인 그녀는 그런 점 때문에 남한테 불쾌감까지 줄 정도였는데, 주말을 빙자해서 학교 친구들을 집에 초대하고는 그들을 마음대로 좌지우지하는 하찮은 괴벽을 즐기곤 했다. 그런 마당인데, 보리스는 전혀 허락을 구하지도 않고 의자를 하나 집더니 저 혼자 털썩 주저앉는 것이었다. 그는 선글라스를 도로 내려썼는데, 그 안에 어떤 착란처럼 스친 하나의 상(像), 어리둥절한 표정의 자기 모습을 발견했다고 느낀 쥘리는 화들짝 놀라듯 얼른 자세를 추슬렀다.

저런 자신감, 무슨 양해도 구하지 않는 저런 태도, 나의 이 소소한 놀이에 전혀 참여할 생각을 하지 않는 저 배짱, 그 모든 것이 쥘리의 마음을 들뜨게 했다. 세상에, 남자가 저런 식으로 거침없을 수 있다니…… 이 와중에도 그녀는, 저런 사내를 흔들리게 만들 수 있다면 그 기분 얼마나 뿌듯할지, 어떤 식으로든 난처한 지경으로 몰아넣을 수만 있다면 얼마나 짭짤한 즐거움일지 은근슬쩍 가늠해보고 있었다.

한편, 언뜻 봐도 빗질을 다시 한 게 분명한 바네사가 파레오*를 겨드랑이까지 추켜 입은 채 현관에 모습을 드러냈다. 그녀는 다소 경직된 미소 말고는 딱히 친절이랄 것도 없는 태도로 석류시럽 한 잔을 건넸고, 보리스는 마치 트로피라도 수상하듯 조심스레 그것을 받아들었다. 그렇게 손에 들고 있는 몇백 시시 될까 말까한 소중한 액체, 그것이야말로 그가 두 여자를 혹하게 만들 수 있는 시간적 여유 전부인 셈이었다. 마지막 연락선이 섬을 출발하는 시각은 오후 여덟시, 잔이 채 비워지기 전까지는 이곳에 눌러앉을 핑곗거리를 어떻게든 물고 늘어질 터이다. 그는 입술을 담그기 전에 오랫동안 손바닥 안에서 잔을 이리저리 굴렸다. 그러면서 손도 시원하게 식히는가 하면 이내 볼에다 잔을 갖다댔고, 눈앞으로 치켜들어 그 지독하게 붉은 액체, 붉은 빛깔을 통해 바라보이는 모든 것, 이 건물하며 정원, 풀장과 저 너머 바다까지,

---

*비키니나 원피스 수영복 위에 둘러입는 스커트.

혼탁한 적색 가운데 출렁이는 모든 것, 그렇게 손 안에 거머쥔 한 잔의 과일주스, 짓이겨진 석류알들로 빚은 그 암홍색 액체 속의 모든 경관을 집요하게 노려보고 있었다…… 더이상 그러고 있을 수만은 없었는지 그는 단숨에 액체를 들이켰고, 긴 숨을 토해내며 잔을 내렸다. 그리고 거의 반사적일 정도로 다급하게 또 한 잔을 부탁하는 것이었다.

난데없이 재빠른 동작, 기분좋은 미소만 아니었다면 안하무인으로 비쳤을 그 태도에 바네사는 어안이 벙벙했다.

하지만 쥘리에게 그는 그저 목 좀 말라하는 남자일 뿐이었다.

"그래, 한 잔 더 내드리지 뭐?"

가스처럼 숨 막힐 듯한 더위가 사방을 휘저으며 기승을 부릴 때마다, 잡화상은 그 열기가 고스란히 가게 안으로 들이닥칠까봐 전전긍긍했다. 무엇보다 특히 신경쓰이는 것은, 사방에 스텐실로 붉게 찍어댄 '위험'이라는 경고문구였다. 그의 고민에 대한 반대급부가 있다면, 일종의 시련에 대한 보상이랄까, 커미션이 제법 쏠쏠하다는 점이었다. 매년 그는 자기 가게에 있는 폭죽들을 상당한 마진을 얹어 다시 내다 파는데, 루기에리 사(社)의 제품은 이미 그 단가가 천정부지라 일개 잡화상으로선 그 폭이 예사롭지 않은 수준이었다……

또다른 보상도 있는데, 앞서 언급한 것의 자연스런 귀결이나 마찬가지였다. 즉, 샤사뉴 가(家)로부터 언제나 일급 숙소가 지정

된 부부동반 초청을 받는 것이었다. 거긴 항상 그런 식으로 특별히 선정된 그룹을 끌어 모으는데, 덕분에 가장 전망 좋은 곳에서 불꽃놀이의 진수를 실컷 맛볼 수가 있었다. 아무튼, 어서 필립─그들 사이에선 '불똥'이라는 별명으로 불리는─이 이 병기창고의 짐을 덜어주지 않는 한, 편하게 잠들기는 글렀음을 그는 잘 알고 있었다.

시내에서도 불꽃놀이는 벌어질 테지만, 그런 공공행사는 장난기 넘치는 소방관들끼리 기껏해야 몇 분 간격으로 쏘아대는 희멀건 꽃불이 고작이며, 불꽃놀이의 화려함을 조금 흉내만 내는 정도의 그것에 사람들은 그저 놀라는 척 실소만 삼킬 따름이었다. 한데 그 바로 옆에서, 샤사뉴 가의 아들이 연출하는, 이른바 특권층을 위한 7월 14일 불꽃놀이 행사가 엄청난 반향을 불러일으키며 펼쳐지는 것이었다. 저 불꽃들의 웅장한 군무(群舞), 고요한 바다 위로 소나기처럼 쏟아지는 잿가루들은 소방관들의 고만고만한 빨갛고 파란 꽃불과는 전혀 다른 무엇이었으니…… 그저 얼근하게 취한 소방관 두셋이 맥주병과 점화통들을 제멋대로 뒤섞고는, 쉭쉭 소리를 낸답시고 마개를 따면, 간혹 김이 덜 빠진 병에서 그럴듯한 폭죽효과가 일어나기도 하는데, 이를테면 맥주폭죽인 셈으로 불그스레한 빛깔이 뿜어져 나오면서 그 위로 시원찮은 녹색 빛깔이 트림을 해대곤 하는 것이었다. 그러는 와중에 가뜩이나 실망한 사람들은 너도나도 어서 저놈의 쇼가 빨리 끝나기를 손꼽아 기다리지만, 그 끝은 대체 또 언제 오는 건지……

결국은 7월 14일 어둠이 깔릴 무렵, 결코 적지 않은 팽폴 주민들이 어떻게 하면 북쪽 해안으로 가까이 다가갈까 안달을 내기 일쑤였다. 심지어 일부는 몇 척의 쪽배까지 빌려 타고 조금이라도 가까운 위치를 잡기 위해 야단인데, 불꽃놀이를 제대로 하려면 워낙 그 비용도 만만치 않은지라, 이왕이면 부자들이 벌이는 쇼를 보러 가려고 기를 쓰는 것이었다.

요컨대 이 모든 것, 이런 가건물은 물론이거니와 이 구역 전체까지 요란스럽게 날려버릴 물건의 정체를 눈으로 확인하려면, 그래서 소방관들에게 뭔가 한수 가르쳐주려면 아직 이틀이 더 지나야 했다.

저만치 거실에서부터 웬 음악의 첫 소절이 새어나오는가 싶더니, 등 뒤쪽에서 다가오는 누군가를 향해 두 자매가 손짓을 하자, 보리스는 또다시 자기소개 할 때가 되었다는 듯 자리에서 벌떡 일어났다.

한 번 더 깔끔하게 처신하고 첫인상의 여러 징표들을 재빨리 조합하며, 대번에 당신 괜찮다 그 정도면 얼마든지 환영이다라고 나오게 만들 만한 그럴듯한 껍데기를 능란하게 뒤집어쓰는 일, 다시금 알맞은 표현을 얼른 골라 대고 다소 당황해하면서도 그리 심하지는 않은 태도를 가장하면서, 얼이 빠진 것처럼 보이지 않기 위해 적절한 화젯거리를 주워섬기되 분위기에 맞춰 적당한 유머도 약간은 가미하는…… 한마디로 어미어미한 노력을 한 번 더

쏟아내게 생긴 셈이다. 그리고 마침내는, 조심스런 태도에서 이완된 태도로, 기죽은 자세에서 다소 거만한 자세로 이행하는 그 절묘한 조작기술을 또다시 멋들어지게 발휘하는 것이었다.

영감의 인사는 한마디로 근엄하고는 전혀 상관없는, 열정 가득한 포즈였고, 웬만큼 나이 지긋해 자연스레 안정된 남자의 그것이었다. 모든 것을 너무 좋은 측면으로만 보려는 버릇이 문제인데, 조금이라도 예기치 못한 일에 부딪히거나 손님을 맞을라치면 어떻게든 그 우연을 고마워하고 소중히 여기려 애쓰는 속 넓은 어르신의 인사라고나 할까. 지금도 바로 눈앞의 이 남자, 소탈하게 악수를 하는 이자의 안정된 눈빛을 바라보면서, 어딘지 괜찮은 사람으로 받아들일 마음을 이미 먹은 상태였다.

거실에 있는 모양인 4채널 방식의 기기에서는 소프라노 파트가 여러 옥타브를 마구 넘나드는 중이었다. 음악광이기도 한 영감은 한 손으로 연신 멜로디를 그리면서, 중간 중간 마치 어떤 동의라든가 일말의 소감이라도 기대하는 것처럼 뜸을 들이곤 했다. 보리스로 말하자면, 설사 그 곡조를 들어본 적이 있다 해도 어느 오페라에서인지 알 도리가 없는지라, 공연히 책잡히지 않으려면 화제를 피하는 게 상책이었다.

그러나 영감은 음악 애기를 하고 싶었다. 그에게 이 음반을 듣는 일은 어떤 의식에 임하는 것과 마찬가지였다. 말하자면 나른한 오수에서 깨어나 차양 너머 빛나는 햇살을 떠올리고, 언제나 변함없는 여름날의 열정, 저기 한 아름 들어선 바다의 내음과 그위로 부는 바람을 되살리면서, 탁 트인 하늘 한 번 휘 둘러보기 위한 예비작업이라고나 할까. 그 모든 것이 저 음악 소리와 함께 일종의 감흥으로 밀려드는 것이었으니…… 영감은, 흡사 환생하는 사람처럼 낮잠에서 깨어나곤 했다. 영감에게 자기 자리를 건네면서 보리스는 집을 정면으로 대하게 되었고, 노골적인 시선으로 그 면면을 느긋하게 더듬을 수 있었다. 영감은 뒤를 돌아보지 않고도 전혀 시들해질 리 없는 애호가의 노하우를 발휘해 건물 구석구석을 묘사하기 시작했다. 그의 표현에 의하면 건물은 축소판 트리아농 궁이라 할 수 있고, 본체를 이루는 백색 석재는 이곳까지 일부러 운반해온 석회암을 다듬은 것으로, 현지의 붉은 화강암을 사용하는 대신 나름대로 독창성을 살려 일종의 저항정신을 드러내고자 한 조상님의 의지 표시라는 얘기였다.

저만치 입구 홀, 그 안에 투명한 빛으로 둘러싸여 편안하게 자리잡은 아름다운 가구들이 보리스의 위치에서도 빤히 들여다보였다. 스타일만 살짝 바꾼 극도의 세련미와 더불어 여러 다양한 장식들이 완벽한 조화를 이루는 가운데, 맞은편 끝의 유리 출입문이 반대편을 향해 뚫려 있어 그 너머로 뻗어나간 정원이 시원스레 내다보이게끔 되어 있었다. 음악 소리는 좌측 자그마한 거실에서 새어나왔다.

"명쾌한 하모니라든가 부드럽게 흐르는 소프라노처럼 낮잠에서 깨어나기 좋게 해주는 건 아마 없을 거요. 대개는 소프라노들이 이 대목쯤에서 한풀 꺾이기 마련이지. 하긴 어쩌겠소, 거기가 이 작품의 가장 어려운 부분이니. 아예 최고조에서부터 시작을 하고 있으니 말이오. 그나저나 당신, 뷔장발*에 있었다면서요. 그래, 성가대였소?"

보리스는 긍정을 표하는 미소를 살짝 짓는 걸로 대답을 대신했다.

"고생이 심하진 않았소? 당연히 기숙학교 말이오. 그놈의 딱딱한 교과과정하며, 엄한 규율하며……"

어찌 고생이 아니겠는가. 기숙학교라 하면 곧바로 구속과 격리, 심지어 감금이라는 개념이 떠오르니 말이다. 아침미사와 저녁기도, 형편없는 급식, 교정의 쇠창살로 항상 억제당한 상태인

---

* 가톨릭 계통의 학교.

자유, 을씨년스럽게 열지어 있는 공동침실들, 그중에서도 가장 견디기 힘든 건, 오로지 의식 속에서만 사적인 것이 허용된다는 점이니, 그야말로 감옥이 따로 없는 셈이라고나 할까……

"부모님 얼굴을 뵐 수 없다는 점도 애로사항이겠지……"

"그것도 그렇죠."

보리스는 미처 그 생각을 하지 못한 것을 속으로 자책했다.

"필립에 대해 말하자면, 거의 지난 팔 년간을 그곳에서 꼬박 달궈지도록 만든 게 혹시 실수 아닐까 걱정하고 있다오. 우리 생각에, 뭔가 엄한 훈육에 단련되다보면 제대로 사람될 거라 믿은 거지. 너무 오냐오냐 키운 탓에, 그 기숙학교가 조금이나마 균형을 이뤄줄 거라 본 거요. 한데 그러긴커녕, 녀석의 상태만 더더욱 악화시키고 성질만 들쑤셨을 것 같단 말이거든. 아무래도 난 그 애가 그나마 있던 분별력조차 잃고, 어쩜 아예 제정신이 아닐까봐 무지 걱정돼…… 어쨌든, 거기에 있다보니 그쪽도 알게 된 것일 테고, 그러고 보면 불행이란 것도 나름대로 좋은 점이 있는가보오."

보리스는 여기서 어떤 우아함, 상대의 기분을 살짝 띄워주면서 얘기를 맺을 줄 아는 절묘한 세련미를 느꼈는데, 그건 어쩌면 어디서부터 어디까지가 진짜인지를 잘 파악해야만 할 의례적인 깍듯함 같은 것이었다.

"한데, 당신 혹시 미국에 가본 적은 있소?"

또다시 제대로 된 답변을 하기 위해 약간의 계산이 필요한 시점. 그러나 곧바로 영감의 말이 이어진다.

"도대체가 그놈의 나라는 왜 그렇게 지겨운지, 가도 가도 끝이 없는 도로하며, 사람들 말도 너무 빠르고, 만사 신경 거스르게만 하죠. 적당히 쉴 만한 이렇다 할 카페 테라스도 보이지 않고, 그야말로 악몽이 따로 없다니까…… 시골이라고 뭐 다를 것 있겠소, 거기에도 역시 사람 질리게 만드는 자동차 도로지. 좌우간 미국이란 나라에서 마음에 드는 곳이란 죄다 프랑스 생각나게 만드는 곳뿐이라니까……"

순간 딸들의 웃음보가 미친 듯이 터져나왔다. 그것은 함께 따라 웃지 않아야만 그 대상이 어디인지를 간파할 수 있는, 그런 주체 못 할 웃음들 중 하나였다. 영감은 보리스의 허벅지를 가볍게 두드리면서, 실은 이처럼 허튼소리를 주절대는 게 자신의 악습이자 즐거움이라고 털어놓았다. 사실 그는 미국에 발 한 번 들여와본 적 없는데, 그것도 기본적으로 무슨 억하심정이 있어서가 아니라, 단지 비행기가 무서워서였다. 그 나라에 관해서 그가 아는 거라곤 영화에서 본 것이 전부였으니…… 게다가 이 집에서는 아무거나 그렇게 이야기를 지어대고 엉뚱한 일화를 꾸며내 떠들어대는 것이 일종의 가족오락인바, 하물며 지금이 어느 때인가, 둘도 없는 바캉스 아닌가 말이다!

　이런 유의 자잘한 거짓부리들은 그들에게 한낱 심심풀이이면서도, 어떤 집요함을 담아내기 일쑤였다. 요컨대 필립의 부재상황만 해도 어쩌면 엉터리 속임수에 불과할는지 몰랐다. 실제로는 처음부터 그가 집에 있었으며, 여기 어딘가, 저 위층 방들 중 하나의 꼭꼭 닫힌 덧창 뒤나, 아래층 거실에 몸을 숨긴 채 오디오의 볼륨을 높인 것인지도…… 그래, 분명 자기도 그 보잘것없는 우스갯짓에 힘을 보태, 이 어중간한 상황 속에서 반 시간가량을 멀뚱하니 죽치고 있게끔 내팽개쳐둠으로써, 숙식을 함께한 이 오랜 친구, 감방동기한테 멋지게 한방 먹일 생각을 한 것이 틀림없으렷다……

　농 섞인 분위기랄까, 좌우간 영감의 등장으로 혼자만 바보가 되어버린 지금의 상황이 바네사의 경계심을 다소 완화시켰음에도 불구하고, 문득 보리스는 마음이 편치 않았다. 반면, 모처럼 속 시원히 골려먹어서인지, 그녀는 이전보다 남자가 상당히 가깝게 느껴지는 중이었다.

　"그나저나, 법학과를 다녔다고 했던가요?"

　대답이 나오기도 전에 영감은 이미 구구절절 나름의 소견을 늘어놓고 있었다. 즉, 변호삿감으로 말하자면, 필립은 이제야 명실

상부한 학생에 지나지 않으며, 연수든 학업이든, 어쨌든 십 년째
에 접어들어야 정상이라는 얘기.

"……아무튼, 최소한 2개 국어를 유창하게 할 정도는 되어 있
겠지. 뭐 녀석의 능력으로 보자면 이미 그것 자체로 대단한 성공
이지만 말이오."

이 대목에서 그는 더이상 웃고 있지 않았다. 아들이 영 시원찮
은 꼬락서니를 보일 때부터 가슴을 저미기 일쑤인 실존적 환멸이
다시금 저 속에서 치미는 모양이었다. 그건 뭔가 부당하다는 느
낌에다 스스로를 향한 비난이 가미된 감정이면서 아들에게는 다
소 너그러운 마음인 셈인데, 제아무리 막돼먹고 한심스런 자식이
라 해도 부모란 책임의 일부를 떠안는 걸 각오하면서까지 어떻게
든 자식의 과오를 덜어주려 하기 마련인 것이다. 더군다나 아들
이 옆에 있지 않은 만큼, 지금 영감의 그런 마음은 더욱 노골적으
로 드러나 보였다.

"아시다시피 문제는 영지(領地)란 말씀이오. 2개 국어에 능통
하다고 백 헥타르 포도밭을 꾸려나가는 데 충분하달 순 없으니
까…… 하긴 변호사가 되기에도 마찬가지겠지요. 그건 그렇고,
그쪽은 무얼 하고 계시나?"

이에 보리스는 자못 진지한 태도로 대답하기를, 좀도둑질도 좀
하고 아무거나 닥치는 대로 해가며 산다, 뭐 무일푼으로 지내도

그리 궁한 편은 아니지만, 경우에 따라선 여기저기서 웬만한 건수는 챙기는 식이고, 사실 주요 활동무대는 언제나 마약암거래에 두고 있는 실정이다…… 잠시 어안이 벙벙해진 이들 가운데 폭소를 터뜨린 첫번째 사람은 과연 영감이었다. 그는 손님의 놀라운 재치를 환영하면서, 이만하면 서로가 잘 통하는 것으로 결론내렸다.

마침표.

마음속으로 보리스는 마침표를 찍고 있었다.

두 자매는 안으로 들어가 옷을 갈아입었다.

둘이 밖으로 다시 나온 것은, 풀장에서부터 커다란 비명 소리
가 들렸을 때였다. 저만치 아버지가 튜브의자 구멍 속에 두 발이
엮인 채, 수면을 첨벙대면서 죽어라 허우적대는 모습이 눈에 들
어왔다. 그 아래로는 보리스가 한 마리 상어처럼 스르르 다가가
는데, 물결의 움직임에 따라 그 음영이 어른거리고…… 아버지
빠져 죽네 소리소리 지르며 달려가는 바네사. 급기야 그녀가 물
에 뛰어들려는 바로 그 순간, 어르신을 어깨로 떠받친 보리스가
불쑥 수면 밖으로 솟아올랐다. 노인은 방금 잡아올린 한 마리 다
랑어처럼 뻐끔대며 공기를 들이쉬는가 하면, 얼굴이 퍼렇게 될
때까지 캑캑거렸다. 그러면서도, 이젠 다 괜찮다, 아무 일도 아니

다, 공연히 호기 한번 부리려다가 재수 없어서 이리 된 것이다. 두서없이 주절대는 가운데 어느새 웃는 얼굴이었다. 아울러, 다시는 저놈의 바보 같은 의자엔 올라가지 않을 것이고, 이젠 나이도 나이거니와, 보리스가 헤엄 한번 쳐보라며 부추긴 새삼스런 열정에도 더는 걸맞지 않은 처지임을 연신 되뇌는 것이었다……

두 팔에 안긴 채 부들부들 떠는 이 작자, 그를 그렇게 안아들고 있자, 누군가를 진정시키느라 고생했던 밤들이 보리스의 머릿속에 하나하나 떠올랐다. 그건 솔직히 인간적인 차원에서이기보단, 그저 조용히 좀 있고 싶어서, 특히 필립이 허구한 날 울어대던 초기에 잠 좀 편하게 자려고 그랬던 것이다. 처음에 그는 필립에게 다소 무뚝뚝했을 뿐만 아니라, 거칠게 대하기도 했다. 그러다 머지않아 태도를 바꾸었는데, 뜻이 통해서가 아니라 그냥 불쌍해서였다. 자고로 건강한 종자는 허약한 종자의 뒤를 늘 그런 식으로 봐줄 필요가 있는 법이다. 하나의 독점체제 속에서 한쪽의 능력으로 다른 쪽이 보호를 받는 일, 잘하면 하나의 계보이지만, 최악의 경우엔 그 자체로 지배가 되어버리는 일종의 세력관계라고나 할까.

일단 흥분이 가라앉자, 보리스와 영감은 서로 잔을 강하게 부딪치며 건배하고는 오렌지 마티니 두 잔을 연거푸 비워댔다. 이미 영감은 레몬을 얹은 마티니 토닉을 맛보길 권하는 중이었고, 이번에는 진을 좀 마셔보자며 성화였다. 보리스는 그런 영감을 장난 삼아 요모조모 뜯어보았고, 이젠 완전히 읽고 있음을 느꼈다. 현란하리만치 비죽거리는 입 모양, 고고하기 그지없는 의연한 태도하며, 아주 특별하되 결코 상투적이지 않은 부류의 사람으로, 그는 지긋한 나이에 올라 사물을 바라볼 때 드러나기 마련인 그 모든 상대성으로부터의 초연함과 회유(嬉遊)에 가까운 환멸의 태도로 세상을 대할 줄 아는 자였다. 그의 몸가짐에서는 이미 진정한 기품의 면면이 드러나는데, 뾰족한 턱선하며 꼿꼿한 목덜미, 그리고 시선(視線), 하나 거칠 것 없이 쭉 뻗은 그 시선, 그것은 아주 멀리, 자기들의 정원 혹은 그 확실성의 끄트머리까지, 자기들 조상과 그 모든 환경의 경계까지 아주 멀리 멀리 바라보는 것으로 평생을 보낸 자들의 시선이었다. 사방이 온통 치장된 가운데 내 집이로구나 하는 생각으로 안주하는 데 익숙한 사람들—사방이 자기가 쳐놓은 말뚝으로 둘러싸였을 때의 그 풍경이 주는 고마움이라니!—, 지평선과 자기들 영지의 경계선을 곧잘 혼동하는 사람들, 흔히 말하듯 무사태평한, 바로 그렇기 때문에 혐오스러운, 저들만의 세계가 있기에 실컷 뻗대고, 그것도 몇 헥타

르쯤은 안중에도 없이, 뭐 그 정도쯤은 정확히 따져볼 필요도 느끼지 않는다는 건방진 족속들……

여하튼, 그저 그곳에 있다는 단순한 사실, 그 경관 속에 편안히 위치해 있다는 단순한 사실이 보리스에게는 곧 그 모든 것을 상당량 취한다는 걸 의미했다. 단순히 조금 상상하는 노력만으로 이 풀장은 그의 것이 되었다. 마음껏 그 안에서 수영한다는 것, 그건 이미 가일층 진전이 있음을 표하는 것이었으며 지극히 자연스럽게 그 시설을 점유하고 있음을 의미했다. 한 시간 전만 해도 당장 불법침입이 되고 말았을 일인데 말이다.

바로 그런 점에서 "내 집처럼 편히 쉬시오"라는 이 표현, 평소라면 전혀 중요하게 생각지 않을 이 흔하디흔한 표현이 더없는 진리로 확인되는 것이다. 영감은 이미 음료를 마시는 문제로 보리스를 향해 그 표현을 사용한 바 있다. 잔을 거듭 권하면서 이렇게 말이다, "부디 내 집처럼 편히 쉬시구려……"

자세히 들여다보니, 별장은 지금까지 상상해오던 것과는 정말 달랐다. 일반적으로 무언가를 머릿속에 그릴 땐 사실보다 조금 낮게 그리는 게 보통이다. 한편으론 그것에 대해 늘 어느 정도 치장된 상태의 얘기를 듣기 때문이고, 다른 한편으론 거기에 자신의 상상까지 힘을 보태기 때문이다. 그런데 이번만큼은 사정이 완전 반대였다. 여태껏 숱하게 머릿속으로 상상했지만, 당장 눈앞에 펼쳐진 것은 그보다 훨씬 나았다. 요컨대, 현관에서 막바로 이어진 이 계단, 풀장 바닥까지 그대로 이어진 이 계단은 정말 상상하지 못한 것이었다. 뿐만 아니라 그 가장자리에서 시작된 아련한 모자이크 장식도 전혀 뜻밖이었다. 어떤 이유에선지 물결처럼 점차 옅어지게 한 블루톤의 색조 처리, 결국에는 물이 범람해 저 너머로 수면이 연장되는 것처럼 보이게 함으로써 풀장 테두리가 멀리 수평선과 융합해 바다 역시 또 하나의 풀장 같은 착각을 불러일으키고 있으니……

반경 180도 이상에 걸쳐 잔디밭을 에두르고 있는 벼랑, 그 너머 광대한 만을 향해 활짝 펼쳐진 파노라마 장관. 고요한 바다 위로는 그날의 마지막 연락선이 섬을 향해 다가오고 있었다. 그것만 다시 육지로 돌아가면 오늘 항해일정은 마감인 셈이었다. 영감은 모자챙에 손을 갖다댄 채 필립이 배에 타고 있나 열심히 살펴보고 있었다. 언뜻, 갑판에 우뚝 서 있는 웬 사내의 훤칠한 실루엣에서 아들을 알아본 것도 같았다. 보리스는 꼼짝도 하지 않은 채, 눈조차 내리깔고 있었다.

아, 아니네.

녀석이 아니야.

안됐구요.

저녁을 들겠냐는 질문은 하나마나한 것이었다. 아니, 최소한 대답은 뻔했다. 필립의 어머니는, 마치 자기 자식이 머잖아 올 거라는 사실에 대한 전조인 양 아들의 친구를 맞아들였다. 그건 일종의 의도적인 혼동으로, 그녀의 마음을 미리부터 부풀게 했다. 이 난데없는 젊은이야말로 재회가 임박했음을, 탕아의 귀가가 멀지 않았음을 상징적으로 보여주는 단초였다. 그런 만큼 여자는 그의 입에서 무슨 얘기든 얻어내리라 벼르고 있었고, 아들의 근황을 둘러싸고 있는 수수께끼 같은 일화들, 그 행적 여기저기 널려 있는 것 같은 혼란 상태와 감감무소식인 지금의 상황에 대해 뭔가 속 시원히 밝혀주기를 고대했다.

반면 보리스는 그녀가 이토록 쉽게 자신을 받아들이는 게 오히려 불편했다. 그도 그럴 것이 여자는 다짜고짜 볼에 뽀뽀부터 하고는, 내내 두 팔을 꼭 붙든 채 하염없이 얘기를 늘어놓는 것이었다. 자고로 한 사람이 다른 사람한테 접근하는 도정에서, 단 한 번도 상대가 먼저 다가드는 경험을 해본 적이 없는 그였다. 가족이라는 구성체, 그 무엇보다 다소곳하고 나약하며, 먹음직스런 존재들의 이 체제가 그의 이국취향을 극도로 자극하고 있었다.

크림빛의 파라솔 두 개가 테라스에 벌써 설치되어 있었다. 식탁이 놓였고, 큼직한 백색 식탁보도 반듯하게 펼쳐졌다. 그런데, 언뜻 보기에 나무랄 데 없는 식탁임에도 영감은 화려한 식기들이 아니라는 이유로 연신 양해를 구하는 것이었다. 모든 중요한 손님들의 명예에 어긋나는 대접이라며 몹시도 죄스러운 모양이었다. 보리스는 그의 등을 다정하게 토닥이고는, 방금 따른 아페리티프*를 단숨에 들이켰다.

입고 있는 옷들은 이제 후텁지근한 체온 위로 나풀거리게 하는 데에만 제격이었다. 다들 누가 먼저랄 것도 없이 셔츠 한 귀퉁이를 쥐고는 조금이라도 바람을 안겠다며 펄럭펄럭 들추어대기 시작했다. 앙드레 피에르는 그럴 기분이 아니었다. 앙드레 피에르는

---

* 서양요리의 정찬에서 식욕증진을 위해 식사 전에 마시는 술.

저녁을 먹기 위해 식탁에 앉아 있었다. 앙드레 피에르는 셔츠 깃을 단단히 여민 상태였다. 그러기 위해 단추가 달린 것일 테니까.

방금 전에도 그는 낯선 식객과, 당장 내일 처남이 도착한다 해도 마찬가지였을 불쾌한 표정과 거리감을 가지고서 어색한 악수를 했다. 더군다나 이 보리스라는 작자, 필립의 친구인 것도 모자라 저 서슴없이 풀어헤쳐진 흰색 셔츠 앞섶 사이로 구릿빛 가슴팍을 되바라지게 드러낸 채, 온갖 건방과 무례를 혼자 다 떨고 있지 않은가. 하긴, 현장의 대다수 사람들에게 그건 하찮은 세부에 불과할지도 모른다. 그러나 앙드레 피에르만큼은 오로지 그것, 보란 듯이 내놓은 가슴팍과 그 무례함만을 바라보고 있었다. 그로 말하자면, 사실 이런 문제들 때문에 바닷가 자체를 좋아하지 않는 입장이었다. 당연히 햇살도 거북스럽기만 했고, 심지어 이따위 구릿빛 피부의 파렴치한과 마주치는 것이 싫어서 해변으로 내려가보지도, 거기서 헤엄을 쳐보지도 않았다…… 한데, 그 아주 전형(典型)이나 마찬가지인 종자를, 그것도 아예 코앞에다 데려다 앉혀놓고서, 새로 온 손님입네, 오늘의 주인공 행세를 해가며 별의별 꼴값을 떠는 꼴을 이렇듯 저녁식사 내내 지켜보도록 만들다니. 벌써부터 모두들 이자의 말 한마디, 욕구 하나에 촉각을 곤두세운 채, 웃고 떠들면서 희희낙락하지들 않고 있는가 말이다.

저녁식사 전까지 바네사가 몸단장을 하느라 흘려 보낸 시간 역시 그의 신경에 거슬렸다. 심지어, 마치 외출이라도 하는 것처럼 매니큐어까지 발랐으니까. 뭐 쥘리에 대해서는 말할 필요도 없다. 그녀는 짧은 치마를 입는 과감함에 더해서, 걸음걸이까지 그럴듯하게 연출하는가 하면, 야릇하게 나른한 포즈를 취함으로써 다리 사이로 보이지 않는 부분까지 폭넓은 상상의 여지를 제공하는 것이었다. 때론 가족 모두를 즐겁게 만들어주기도 하는 두 자매의 천방지축 유머, 그 아슬아슬한 허풍에 대해 익히 아는 앙드레 피에르는 대번에, 아하, 이 여자들이 오늘 저녁 누가 더 유혹적인가를 두고 또 내기를 시작했구나 하는 생각에 도달했다. 은근히 달아오르는 욕정이 그들로 하여금 그런 놀이를 하게 만든 셈이다.

순간, 이제는 아내한테든 처제한테든 더이상 하지 않기로 한 모든 노력들, 그저 그렇게 내버려두기로 한 습성들이 그의 머릿속에 오롯이 떠올랐다. 그들 기분에 맞추려고 더이상 애쓰지도 않고, 도저히 있을 법하지도 않은 정체불명의 권태일랑 씻어줄 생각조차 할 필요 없게 된 지금에 와서 말이다. 도대체 세 살배기 쌍둥이 자식을 둔 어미에게 뭐가 그리 권태로울 게 있겠는가. 가족이 그곳에 도착한 지 두 주가 되어가는 동안, 그는 단 한 번도 배를 끄집어낸 적이 없었다. 그렇다고 영감이 배를 몰 나이도 아니기에, 요트는 닻을 내린 채 항구에 꼼짝없이 미물러 있었다. '리

바'의 경우에도 역시, 간단한 항해라든지 수상스키를 즐길 생각
일랑 아예 제쳐둔 채 도크를 벗어난 적이 한 번도 없었다. 바로 코
앞으로 바라보이는 저 바다, 불과 몇 년 전만 해도 가없는 놀이터
처럼 펼쳐진 채 사방으로 마음껏 헤쳐나가야 할 정복의 공간이었
던 저 바다가 오늘에 와서는 그저 한가로운 명상의 소재이자, 예
전의 항해나 떠올리며 뱃전에서 물끄러미 바라보는 것으로 즐거
움을 삼아야 할 대상이 되었으니…… 이제 기분전환할 만한 것으
론, 오로지 풀장밖에는 그들에게 남은 것이 없었다. 물론 저 바로
아래엔 백사장이 펼쳐져 있었다. 다만 너무 혼잡한 데 따른 불쾌
감에 더해, 모든 사람들과 다름없이 행동해야 한다는 그저 그런
기분이 문제였다. 수많은 몸뚱어리들을 걸쳐 넘어야 파도에 가 닿
을 수가 있고, 기름기 덕지덕지한 알몸들의 아수라장 속에 자신
의 순결한 육체를 묻어야 한다는 점, 바로 그런 점들 때문에 딸들
은 더이상 그곳에 가지 않았다. 단, 날씨가 선선해서 널려 있던 몸
뚱어리들이 죄다 사라지고 파라솔도 모조리 걷힐 때만은 예외였
다. 철부지 말괄량이였을 땐, 그들도 바캉스 내내 바로 그 백사장
에서 뒹굴며 보냈었다. 여름이 다 가도록 해초 사이를 헤집으며
수영을 하고, 모래를 거르면서 말이다. 초기에는 배도 없었고 풀
장도 없었기 때문에, 그 당시엔 그렇게 적당한 만큼의 돈만을 사
용해야 했기에 바닷가 백사장이 유일한 오락 장소였던 것이다.

식사 중간쯤, 보리스는 아무렇지도 않은 척하며 식탁 위에서 마리화나 한 개비를 돌돌 말아볼까 생각했다. 딸들은 그것쯤 피우는 걸 대수롭지 않게 여길 것이되, 나머지 저 인간은 아마 숨이 막혀 난리를 피울 것이다. 양친 부모야 당연히 어안이 벙벙할 테고. 그는 은근슬쩍 쌈지주머니로 쥘리의 허벅지를 톡톡 두드렸다. 그녀는 눈이 휘둥그레져서 거의 기겁하는 눈치였다. 그건 그래, 이따 좀 나중에, 셋만 있을 때 하잔 말이지……

보리스는, 완벽하게 균형잡힌 그림을 대하듯, 이따금 바네사를 골똘히 바라보았다. 그녀는 양쪽에 아이들을 끼고 앉아, 마치 꿈을 꾸고 있는 것처럼 부드럽고 사려 깊은 동작으로 그들의 머리칼을 쓰다듬고 있었다. 앙드레 피에르는 녀석이 아내를 바라보는 걸 아까부터 눈치채고 있었다. 다만 그는 두 사람 사이에 일말의 암묵적인 뭔가가 있는지, 눈곱만큼의 시선 교환이랄지, 혹시 서로 이미 허물없는 사이인지, 또한 그런 것을 밖으로 드러내지 않으려고 애를 쓰는 건 아닌지 예의 주시할 뿐…… 하긴, 또다시 그놈의 바보 같은 걱정일지도 모른다, 이것저것 쓸데없는 신경쓰지 못해 안달인 그놈의 병, 렉소밀* 사분의 일 정이면 다 괜찮아질지

---

* 신경 안정제이며, 네 조각으로 나눌 수 있도록 되어 있다.

도…… 그의 눈앞에는 저렇게 안심이 되어주는 아이들이 있지 않은가, 저 여자와의 사이에 낳은 저 두 아이 말이다. 비록 그런 생각조차 왠지 의심쩍은 기분을 동반하는 게 사실이지만.

그는 저 작자를 도저히 좋아할 수가 없었다. 그것은 일종의 고정관념이나 마찬가지였다. 차라리 그는 어제의 저녁식사가 그리워지기까지 하는 것이었다. 각자 자신 안에만 틀어박혀도 괜찮았던 그 축복의 시간, 누구도 진정 입을 열지 않았고, 저 혼자 생각을 굴리려다보니 지극히 가족적인 침묵만 팽배해 있던 그 저녁 말이다. 어제만 해도 식기 부딪치는 소리와 음식 맛이 좋다는 짤막한 얘기, 꼬마들에 대한 몇 가지 가벼운 화젯거리가 저녁식탁의 조화로운 분위기를 어루만지는 정도였다. 그런데 오늘 저녁은 왠지 모르게, 무슨 향연이라도 벌일 태세처럼 식탁이 부산하고 묘하게 생기 넘치지 않는가. 새로 식객 한 명이 늘었다고 이전까지 지배적이었던 편안한 분위기가 이다지도 졸지에 오염되다니. 마치, 질세라 모두들 바깥에 남아 있고 싶어하고, 식탁 주위에서 빈둥대고 싶어하는 것 같지 않은가 말이다. 영감은 드디어 아까 하던 이야기의 실마리를 되찾아 이어갔고, 딸들은 아예 작심한 듯 거기에 자신들의 일화를 앞 다투어 가미했으며, 장모라는 사람까지 연신 싱글벙글하는데다, 심지어 아이들마저 떠들썩한 분위기에 휩쓸려 들떠 있는 것 같았다. 이런 모든 상황이, 마치 제것인

양 술병을 움켜쥔 채, 위아래도 없고 별다른 예절도 없이, 어딘지 고압적인 뉘앙스까지 풍기면서 모든 사람을 대상으로 꾸역꾸역 잔을 채워 음주를 독려하는 저 보리스라는 작자의 극성맞은 태도에 기인하는 것이 아니면 대체 무어란 말인가?

앙드레 피에르가 가장 참을 수 없어하는 점은 바로 이거였다. 즉, 저 작자가 사람들을 부르는 저 닳고 닳은 스타일. 아주 스스럼없이 두 어르신을 '장인' '장모' 하며 뚝 잘라 불러대지 않는가. 정작 두 분의 딸과 결혼한 지 팔 년이 지난 이 몸도 아직 감히 그래 보지를 못하는데 말이다. 아울러, 무슨 빛이 반사되는 것처럼 신경 거슬리게, 온통 이를 드러내며 한결같은 웃음을 짓는 저 괴벽도 견디기 힘든 것 중 하나였다. 설령 바네사를 염두에 두고 저러는 것일지언정, 겉으로 보기에는 모든 사안, 모든 경우에 줄기차게 이를 드러내놓고 있으니 말이다. 그러다 그녀가 잔을 내밀라치면, 여자를 향해 방긋 웃어 보였다. 가끔은 여자까지 까르르 웃게 만들었는데, 그저 남자가 고맙다는 인사만 했을 뿐인데도 여자는 그렇게 웃어댔다.

이처럼 착착 맞물려 돌아가는 분위기와 과도한 공감대를 견디다 못해, 앙드레 피에르는 소화가 잘 안 될 정도로 속이 뒤틀렸다. 심지어 그따위 바보 같은 제스처에 좋아라 웃어대는 꼬마들조차 그렇게 밉상일 수가 없었다. 그자는 이이들한테도 줄기치게 떠벌렸는데, 이미 있는 대로 구슬려서 상당 수준 마음을 사로잡은 것처럼 보였다. 그러잖아도 아이들은 원래 통제가 잘 안 될 정도로 극성스러운 편이었다. 그애들이 떠들썩하게 웃어젖히는 소리는 전체 분위기에 일종의 히스테리를 가중시켰고, 모든 대화를 소음의 보자기로 한 꺼풀 덧씌우는 역할을 했다. 한번은 보리스가 냅킨 아래로 손을 쑥 집어넣어 즉석 인형극을 연출했는데, 아니나다를까, 놀람 반 환희 반의 비명 소리로 발칵 뒤집어지는 것이었다. 정말이지 두고 못 봐주게끔 말이다…… 급기야 애들이 아주 기세충천해서 온갖 난리법석을 피우는데, 잔을 무수히 엎지르고 디저트엔 손도 대지 않는데도 뭐라 나무라는 사람이 아무도 없었다. 마침내 아이들을 향해 "이제 그만!" 하고 거칠게 내뱉어 분위기를 깨뜨린 건 앙드레 피에르 자신이었다. 워낙 단호한 주문이라, 결국 분통을 터뜨린 것에 그다지 놀라진 않으면서도 보리스까지 일순 주춤했다.

두 꼬마의 깜짝 놀란 얼굴에는, 다소 풀죽은 가운데서도, 입을 멍하니 벌린 채 긴가 민가 하는 심정이 고스란히 담겨 있었다. 녀석들은 다른 사람들 눈치를 흘끔흘끔 살피면서 웃어야 할지 울어야 할지를 가늠하는 중이었다.

이윽고 할아버지, 할머니, 엄마, 이모 모두, 그렇게 큰 잘못은 아니지만 조금 자중하는 게 좋겠다는 정도의 가벼운 꾸지람을 돌아가며 하는 것으로 사태를 무마했다. 어차피 바캉스 아닌가. 할아버지의 경우엔, 참 가관이게도 자신이 직접 냅킨을 가지고 인형 흉내를 내기까지 하는 것이었으니…… 순간, 앙드레 피에르는 자리에서 벌떡 일어나 완강한 기세로 식탁을 벗어났다. 어허, 그만 진정하지, 순간, 그를 향해 보리스가 던진 말이었다. 흡사 잔뜩 토라진 계집을 어르기라도 하듯.

앙드레 피에르는 그만, 휘청했다.

어느새 저 인간이 말을 놓고 있었던 것이다.

저녁 바로 그 시각, 바다가 양털처럼 출렁거릴 때, 파도는 자근
자근 모래톱을 누그러뜨리면서, 그중 일부가 자갈밭까지 반짝거
리며 다가와 더 높은 곳의 모래를 적신다. 그리하여 하루 종일 해
안을 뒹굴었던 온갖 기름기를 모조리 씻어내리는 가운데, 선크림
과 땀으로 번들번들했던 몸뚱어리들의 기억마저 깨끗이 정화하
는 것이다. 제 모습을 회복하는 데엔 그렇게 하룻밤이면 된다. 그
사이 끝없는 닦음질을 반복해서 반짝거리는 이슬 머금은 새벽을
복구해놓으면, 다시금 에덴동산이 펼쳐진다.

마지막 연락선이 일단 떠나자, 섬은 오로지 섬사람들만의 평온
한 안식처가 되었다. 진짜로 그곳에 사는 사람 수는 그리 많지 않
았고, 몇 안 되는 선택된 사람들만이 그곳에서 숙박이 가능했다.

그도 그럴 것이 야영지는 아예 없고, 호텔은 하나 있을 뿐이다.

그러지 않아도 밤이 되면 사람들이 몽땅 빠져나간 자리에, 이제는 불빛이란 불빛은 죄다 감춰야 했다. 특히 바다 쪽을 철저히 차단해서 섬 바깥으로는 어떤 광원(光源)도 새어나가지 않아야만 했다. 이곳에서는 어둠이 내릴 무렵부터 모든 도로마다 작은 가로등 하나 켜지 않고 외부로 그 어떤 전등 불빛도 내보내선 안 되었다. 가가호호 최소한의 불빛만 사용해야 했고, 덧문까지 꼭꼭 닫아걸었다. 이 모든 것은 오로지 항해에 방해가 되지 않기 위해, 즉 섬 근처를 지나는 배들로 하여금 높은 암벽과 암초 사이에 뱃길이 있는 걸로 착각하지 않도록 하기 위해서였다. 저 캄캄하고 불가해한 바다를 면한 것도 모자라, 땅 자체도 깊이를 알 수 없는 어둠에 잠기는 셈이었다. 이곳은 밤도 절벽처럼 가팔랐고, 그나마 달이 있어 이런저런 윤곽을 드러냈는데, 오늘밤에는 그것조차 없다.

"……우리 산책이라도 하죠."

무엇보다 마음에 걸리는 건, 남들이 보면 이런 별장에 멋진 야회용(夜會用) 오락거리 하나 구비되어 있지 못하다고 여길 거라는 사실이다. 촛불의 불빛 속에서 두 자매는, 머뭇거리고 있는 아버지 의중을 묻기 전에 잠시 서로 눈길로 의논을 했다. 어차피 잠자리에 들 생각은 거의 없는 고로, 나들 이러지도 저러지도 못하

고 있다가 결국엔 또다시 서로 말문을 열면서 분위기가 무르익어
갔다. 까짓 못 그럴 이유도 딱히 없지 않은가.

"뭐 어둠을 무서워하지만 않는다면야……"

호위를 자임하고 나선 건 역시 보리스였다. 그는 자기가 마치
섬에 대해 자세히 알고, 그 모든 위험요소들을 점검했으며, 어디
가 맹점인지를 죄다 파악하고 있는 것처럼 뇌까렸다.

좋다, 그전에 물건들 좀 챙기고 나서. 물이 차지 않을 경우를 대
비해 수영복 생각이 잠시 그의 뇌리를 스쳤지만, 말은 하지 않았
다. 그때 가서 되는대로 대처하는 게 훨씬 재미날 것이다.

한편 앙드레 피에르는 자기 방에서 이러한 움직임을 간파하고
있었고, 거기에 합류하지 않으면 속 좁은 사람처럼 보일 거라고
도 생각했다. 하지만 그런 생각도 결국 렉소밀의 효능으로 잠잠
해지는 것이었다. 일단 읽을 만한 책 한 권과 깨끗한 이불이 마련
되어 있는 이 방에서 그는 기분이 좋았다. 사람들이 저만치 멀어
져감에 따라 그 목소리들에 바다 소리가 점점 섞이는가 싶더니,
어느새 목소리들은 사라지고 바다만 남았다.

"이렇게 거닐고 있으면 가끔, 내게 너무도 선명하게 떠오르는 곡조가 있지. 심지어 진짜 귀로 듣고 있는 느낌이라니까…… '정결한 여신이여, 오래된 숲을 당신은 은빛으로 물들이시도다. 구름 한 겹 걸치지 않은 그대 얼굴로 우리를 돌아봐주소서……'* 다음이 어떻게 되더라?"

보리스는 쳐다보지도 않고 있었다. 영감의 혼잣말이나 다름없는 횡설수설을 한쪽 귓가로 흘리면서, 그는 두 사람, 아니 그 자신에 앞서 저만치 걸어가는 새하얀 점 두 개만을 골똘히 주시하고 있었다. 여자들이 앞서가기 시작하면서부터, 그 둘의 실루엣은

---

* 벨리니의 오페라 〈노르마Norma〉 중 '카스타 디바(Casta Diva, 정결한 여신)'의 첫 소절.

이제 하나의 점에 지나지 않았다. 그것은 어둔 밤 속에서 마법처럼 하늘거리고 있는 하나의 희부연 형상이었다. 이따금 그들은 남자들이 따라잡도록 잠시 멈춰 서곤 했는데, 그때마다 화물선의 불빛이라든가 저기 저 등대, 떨어지는 별똥별 등을 손으로 가리키고는 웬만큼 거리가 가까워지면 다시 걸음을 옮겼다.

모처럼의 식후 산책에 너무 기분이 들떴는지, 영감은 손님이 자기 얘기에 주의를 기울이고 있다 믿어 의심치 않으면서 당최 입을 다물려 하지 않았다. 그러고는 깎아지를 듯 거친 길에 애를 먹는 가운데, 이따금 손을 내밀어 의지하면서 눈으로는 연신 하늘의 별들을 더듬는 것이었다.

"……오늘밤엔 아무래도 정결한 여신께서 나타나주지 않을 모양일세그려. 속눈썹 하나도 보여주지 않을 참인가봐. 어떻소, 제법 난감하지 않은가?"

보리스는 저 아래, 보이지는 않으면서 웅얼거리고 있는 바다에 한껏 매료된 채 아무렇게나 고개를 끄덕였다.

"저 별들이 도도한 거지. 우리보다 오래 살아남을 거라는 걸 잘 알기 때문에 저러는 거요…… 다시 〈노르마〉 얘기로 돌아가서, 매년 자선행사의 일환으로 당신이 그걸 공연했다는 것 같던데……"

"그렇습니다. 매년 그랬죠."

"그걸 내 눈으로 못 보다니 심히 유감이오. 하긴 어쩌겠소, 매 학기 그저 수표나 보내주는 게 고작이었는걸. 그 정도 금액이면 최고의 교육으로 받쳐주는 것이려니 하고 있었지. 모르긴 몰라도, 당신 부모님도 나 같은 미몽에 사로잡혀 계셨을 것이오…… 그나저나, 그쪽 집안 어르신 가운데에도 1917년에 유배된 사람들이 계실 테지만, 그게 말이오……"

보리스는 개인적인 질문이 나올 때마다 항상 속이 덜컹했고, 대답을 하기에 앞서 한참 뜸을 들였다. 일부러 주의를 교란시킨다든지, 이런저런 단서들을 흩뿌려놓고 가정(假定)을 유도하기 위해서가 아니고선, 자기 고백조로 뭔가를 얘기하는 데 영 익숙지가 않았으니…… 이미 두 자매는 저만치 앞서가고 있었다. 저녁식사가 끝난 뒤, 저 여자들이 마리화나 궐련을 얼마나 탐욕스럽게 빨아댔는지 보리스는 놓치지 않고 지켜보았다. 당혹스러워하면서도 만면에 게걸스런 웃음을 지으며, 여자들은 맛이 아주 독하다면서도 있는 힘껏 연기를 들이마셨다. 그로부터 줄곧 그는 시침 뚝 떼고 여자들의 태도를, 그 변화과정을 예의 주시하는 중이었다. 그들은 서로의 허리에 팔을 두른 채, 낮은 목소리로 쑥덕이면서 가끔씩 웃음소리를 흘리고 있었다. 필경 그에 대해서 얘기하는 게 분명했는데, 그렇다고 어떤 인상을 주고 있는지 걱정할 필요는 없었다, 그저 줄기차게 도발하는 길밖엔. 어쩌면 그의 존재에 대해 벌써부터 감지덕지하고 있는지도 몰랐다. 무엇보다 이 야간 산책을 다시 할 수 있게 된 건 온전히 그의 공이었고, 이젠 낮의 피로를 회복하는 것 말고도 밤에 또다른 쓸모가 생긴 셈이니 말이다. 사실 이런 섬 순례를 그만둔 지는 꽤 오래였다. 그만큼 주위 환경이 너무 어두웠고, 조수(潮水)의 움직임은 시시각각 기슭의 경계를 새로 그렸으며, 간 길을 되밟아 오기에는 지수 대수학 실력이 형편없었다. 요컨대 아버지가 워낙 입이 닳도록 위험을 강조하는지라 두 자매는 아예 발길 뗄 생각조차 하지 못하게 된 것인데, 그만큼 영감으로서는 이제 더이상 두 딸의 안전을 책임질 만큼 자신이 튼튼하지 못함을 자인한 셈이었다. 그럼 둘만 살짝 나서면 되지 않겠느냐 하겠지만, 다른 사람 걱정 끼치지 않기 위해서라도 굳이 그럴 것까진 없다는 게 여자들 입장이었다.

"한데, 왜 하필 러시아 식 이름을 딴 거요?"

"그럴 만한 사정이 따로 있지요……"

"알겠소…… 하여튼 당신 같은 젊은이를 가톨릭 교육기관에 집어넣다니 이상한 일이군. 아참, 다시 기숙학교 얘긴데, 어떤 해는 필립이 주인공을 맡았다고 하더구만. 적어도 내가 듣기엔 그랬어요. 근데 그게 사실이오?"

"아마 그랬을 겁니다……"

"아니 왜 그애가 주인공을 맡았을까?"

"그해엔 여자애들이 없었거든요. 하지만 역을 아주 완벽하게 소화했답니다…… 한번 상상해보세요. 그 친구가 아까 그 감미롭고도 긴 구절을 절절히 읊조리면, 우리 모두가 부드럽게 후렴을 따라하고요. 좀전에 술이 거나해서 그럴듯하게 했던 것처럼 말입니다…… 게다가 당시 그 친구 목소리가 보통 가느다란 게 아니었거든요. 무대에서의 몸놀림도 그렇고, 정말 대가들 뺨칠 정도였죠. 아마 스스로도 대견했을 겁니다. 그땐 정말이지 그 친구가 스타였어요. 다들 그 길로 죽 나가리라 생각했을 정도이니……"

자매는 이제 보이지 않을 정도로 멀리 앞서가고 있었다. 얼마간 입을 다무는가 싶더니, 영감은 또다시 감정이 복받쳐서 보리스의 팔뚝을 억세게 붙잡았다. 정말 오랜만에 아들에 대한 만족감을 어렵사리 느끼게 된 것이 그의 덕택인 듯, 고마운 심정을 그렇게라도 표하고 싶은 모양이었다. 그도 그럴 것이, 이번만큼은 아들에 대해 선의(善意)를 가지고 이야기한 셈이고, 덤으로 은근한 애정까지 담아, 즉 함께 자랐고 지금은 성인이 된 두 친구 사이에나 있을 법한 듬직한 믿음까지 곁들여서 잔뜩 칭찬을 늘어놓지 않았던가…… 무대에 선 아들을 상상하느라 녹아내릴 대로 녹아내린 아비의 꼴을 바라보면서, 보리스는 더디욱 심금 울리는 소리에 박차를 가했다.

"⋯⋯아시다시피, 바이올린 연주가 점점 잦아들면서 아련하게 물결치는 그 대목 말입니다. 모든 게 감미롭게 흘러가잖아요, 흡사 바다처럼 말이죠. 맞아요 꼭 바다 같죠, 점점 가라앉으면서 이윽고 잠잠해지는 바다요⋯⋯ 네, 바로 그땝니다. 그 친구가 다시 목청을 돋우죠. 가능한 한 길게 자기 몫을 끌어가는데, 마치 우리 모두를 압도하려는 것처럼 자신감이 충만해 보였지요⋯⋯ 아시겠지만, 다들 그를 아꼈답니다. 정말이에요, 모두들 그 친구를 끔찍이 사랑했어요⋯⋯"

영감은, 무슨 전조(前兆)가 가미된 듯 파르르 떨고 있는 이 젊은이의 목소리가 오히려 불안할 지경이었다⋯⋯

쥘리의 흰 옷자락이 저만치 땅 끄트머리쯤, 반짝 하고 다시 나타났다. 난바다에서는 배들의 불빛이 나무랄 데 없는 성좌도(星座圖)를 그리고 있었다. 역시나 청명하고 또렷하게 빛나는 저 위의 그것과 하나 다를 바 없었다. 마치 오늘밤은 저 별들도 바다를 가르는 배들이나 다름없어 보였다. 저 위 하늘에서와 같이 이 아래 바다에서도 불 밝힌 점들이 평화로이 항해를 하고 있었다.

딸들과 합류하면서 영감은 오늘밤 그들이 얼마나 눈부신지에 대해 한마디해주었다. 정말이지 오랜만에 그처럼 쾌활하고 화사한 딸들의 모습을 본 것 같다며 말이다. 동시에, 아무리 다른 얘기를 하고 되도록 초연한 척해봤자 소용이 없었다. 어떤 회한이 그의 머릿속에서 좀처럼 떠나지 않는 것이었는데, 자기 아들에 대해서 가져보지 못한 숱한 추억의 환영(幻影)들, 그처럼 바람직한 아들의 자질을 여태껏 전혀 몰랐었다는 자괴감, 단 한 번도 아들을 자랑스러워해보지 못했다는 서글픈 심정 등등이 가슴을 치는 걸 어찌할 수가 없었다. 〈노르마〉에 출연한 필립, 그것이야말로 이날 이때까지 그가 자식에 대해 품어보았던 가장 빛나고 자랑스런 이미지가 아닌가! 한데 그걸 하필 전혀 모르는 사람의 입을 통해 이제야 알게 된 것이다.

일행은 이제 섬의 북단 지점에 다다랐다. 그곳은 해수면에 박차를 가하는 것처럼 뾰족이 돌출한 지상의 마지막 관문이었다. 저 아래 바위들은 부글거리는 용암의 거대한 소용돌이 속에 휩싸인 듯했고, 그 위로는 연신 내쏘는 등대의 빛줄기가 마치 채찍을 휘두르는 것처럼 바위를 때리고 있었다. 이따금 절망에 묘하게 이끌릴 때와 같은 긴장감이 사방에서 느껴졌다. 바다는 밤보다 더 반들반들 광택이 나는 검은색이었다. 그것은 일종의 옻칠한 바다, 극히 위험하면서도 유혹적인 그 무엇이었다. 하지만 그 지점에 익숙하지도 못하고, 그곳의 위험에 대해서 밀 알 리도 없는 보리스는 전혀 두렵지가 않았다.

지금 그가 파고드는 것은 그저 새로운 환경 이상의 그 무엇, 하나의 세계 전체나 다름없었다. 완벽한 가족의 파노라마, 정녕 그 누구도 다음날 일어날 일에 대해 걱정하지 않고 무얼 할지도 고민하지 않는 하나의 세계, 하지만 그 자신만큼은 철저히 소외되어 있어 샘이 나다 못해 울화통이 터지고, 급기야는 자기야말로 오히려 그에 걸맞은 존재임을 미약하나마 확신할 정도로 배척당해 왔다고 생각하는 그런 세계…… 그는 허리띠를 풀면서 물 쪽으로 다가갔다. 그러고는 나머지 사람들을 향해 무슨 도전장을 날리듯 내뱉기를, 자 해보실까요?

"아니, 서, 설마……"

지형이 워낙 험악해서 수영을 할 뜻이라면 장소를 영 잘못 골랐다고 생각하던 차에, 딸들까지 불쑥 남자 뒤를 따르는 걸 보고 영감은 기겁을 했다. 조류도 거칠 뿐만 아니라 조금 있으면 바람마저 거세게 일 거라면서, 꽤나 극적인 억양까지 동원해가며 극구 말리는데…… 하지만 캄캄한 어둠 속으로 점점 멀어져가는 웃음소리만 귓가를 스칠 뿐. 결국 더이상 떠들어봤자 소용없다고 느낀 영감은 체념한 채, 만일을 위해 머릿속에 입력해둔 오솔길로 투덜투덜 발길을 돌렸다.

사방 깊이를 알 수 없는 밤에 그들은 우선 발끝부터 담갔다. 지금까지와는 확연히 다른 느낌에, 아무래도 적응을 하려면 많이 참아야겠다는 생각이 덜컥 들었다. 처음엔 무릎부터 와닿고, 그 다음엔 허벅지까지 차오르고, 이어서 다리 사이를 지나 아랫배를 넘어, 가슴에 다다라 섬뜩해지는 이 밤에 다들 조금씩 조금씩 젖어들어갔다…… 문득, 쥘리의 손이 보리스의 손에 가 닿았고, 몸을 완전히 적시기 위해 필요했던 나머지 대담성이 비로소 고개를 들었다. 마치 고행의 순간인 양, 쥘리의 다른 손은 홀로 있게 방치하진 않겠다는 듯 바네사의 팔뚝을 덥석 붙들었다.

　지금 있는 곳으로부터 백여 미터, 아니 이백여 미터는 족히 떨어져 흐르고 있을 멕시코 만류까지 나아가보자는 것은 전적으로 보리스의 발상이었다. 원칙적으로 그 자체가 불가능하다는 판단 하에 여자들은 말없이 뒤를 따라나섰다. 심심하던 차에 그 또한 재미있는 놀이이겠구나 싶은 모양이었다. 아울러 일말의 두려움도 없진 않았다. 터무니없는 짓을 저지를 때 자기를 놔버리는 듯한 느낌, 진짜 믿는 것도 아니고 별다른 확신도 없으면서 누군가에게 자신을 완전히 맡겨버린다는 생각, 그러면서도 바로 그 때문에 더욱 야릇하게 와닿는 감흥까지 한꺼번에 밀려드는 것이었는데…… 보리스는, 이에 떠돌려비리기라도 하려는 듯, 여자들을 제치고 점점 빠르게 헤엄쳐 나아갔다. 이미 그는 아련하게 반짝이는 하나의 흔적에 지나지 않았으며, 그 뒤로 끝없이 이어지는 후류(後流)만을 남기고 있었다.

문득 뒤를 돌아본 쥘리의 눈엔 그 어떤 지표랄 만한 것도 보이지 않았고, 그건 전방(前方)도 마찬가지였다. 오로지 하늘의 별들과 바로 곁의 바네사 외에는 분간할 그 무엇도 없었다. 그녀는 바닷물과 함께 침을 꿀꺽 삼키고는 언니를 와락 끌어안았다. 지금껏 기를 쓰고 따라가려 했던 바로 그 남자에 대한 분노가 갑자기 치밀어올랐다. 지금도 어디 있는지 못 찾아 안달이지만, 보기만 하면 다짜고짜 욕이라도 퍼부어주고 싶은 그 남자, 그럼에도 불구하고 당장은 '뒤로 돌아!'를 하기에도 만만치가 않기에, 어떻게든 따라잡아 합류해야만 하는 그 남자에 대한 분노 말이다.

한참 앞서 있는 그는 여전히 집요하게 헤엄쳐갔다. 마치 그로써 어떤 복수라도 음미하는 것처럼, 여자들이 어디까지 쫓아오는지 지켜봄으로써 은밀한 만족감을 이어가는 것처럼 말이다. 이미 납같이 시커먼 바다 속에 풍덩 뛰어드는 것만으로 그들로 하여금 이 몸을 추종하게 만든 바 있다. 이미 그들은 이 몸을 믿고 따른 셈이다. 그만한 재능을 갖춘 입장에서 이 정도쯤 음미하지 못할 이유가 없다.

게다가 그에게는 위험을 찾아 뛰어드는 일종의 괴벽이 있었다. 폭풍치는 날 창문을 활짝 열어젖히고 싶은 욕구, 그것이 사람이 됐든 어떤 상황이 됐든, 오토바이든 생각이든, 심지어 분명한 오류조차도, 단지 그 결과가 어떤지 알아보기 위해서 모든 것을 항상 극단까지 밀어붙이고자 하는 병적인 욕망. 하지만 문득 헤엄을 멈췄다. 오히려 침묵에 가까운 철썩이는 물소리를 들으며, 그는 깊이를 모를 어둠 속에 몸을 도사린 채, 여자들이 따라오도록 기다렸다. 자기를 향해 서서히 다가오는 벌거벗다시피 한 두 몸뚱어리의 뻔뻔스러움을 그는 미리부터 맛보고 있었다.

코트 드 그라니 로즈*는 어딘지 비장한 면모를 지니고 있다. 와서 부딪친 파도들이 오히려 충격의 피해자인 양, 그 모든 것이 그저 가벼운 접촉사고이기라도 하듯 군데군데 이가 빠진 형상으로 불완전하게밖에 침식이 이루어지지 않은 것은 바로 그 부분 암석층이 워낙 악랄하게 버텨내기 때문이니…… 설마 그조차 무너져 언젠가는 섬 전체가 허물어지는 날이 오기까지, 바위 자체가 쓸데없는 고통을 감수하면서 버텨내는 것만은 아니리라.

해가 없고 바람까지 슬슬 감돌아 날씨가 험악해지면, 섬 근해에선 거대한 소용돌이 해류가 그 심상치 않은 조짐을 보이기 시작

---

*프랑스어로 '붉은 화강암 해안'이란 뜻으로, 브르타뉴 지방의 명소이다.

한다. 그러면, 여태까지 그 무엇에 어떤 앙갚음도 못 한 채 달려와 이젠 스스로 잦아들려는 파도들, 그 고삐 풀린 파도의 군단이 한 꺼번에 들고일어나면서 일대는 그야말로 광란의 소용돌이가 되고 만다. 뱃사람들은 쥐덫이 여기저기 설치된 미로를 조심하듯 이런 해역을 몹시 경계한다. 바다가 저만치 물러나면 밤하늘을 배경으로 암초들이 허리를 펴고, 만(灣)에 차 있던 해수는 무슨 하제(下劑)를 사용한 것처럼 산골짜기의 도랑보다 잽싸게 빠져 달아난다. 그러다 조금 지나면 다시 바다가 북적대면서 완전히 반대 방향으로 치닫듯 들어와 해안지대 전체를 휩쓸어 항구와 배 들을 집어삼키고, 다시 되돌아 나가면서 모든 잔류물들을 끌어다 저 먼 난바다에 갖다 버린다.

바로 그 때문에 이곳의 수많은 바위들마다 각각 십자가가 세워 져 있으며, 그 아래엔 조난자의 넋이 늘 떠도는 것이다.

헌병이 앞쪽으로 나와 서 있었다. 순시선은 텅 비어 있었고, 그 덕에 덜 힘겨워 보였다. 사람들이 몰리기엔 너무 이른 탓도 있고, 해수욕보다는 아직 늦잠을 늘어지게 잘 시간인 것이다. 간밤의 폭풍이 지나간 뒤, 말개진 하늘에는 얼마 안 있어 사라지고 말 차 가운 조각구름 몇 점만 머물러 있었다. 밤늦은 시각, 한 새벽 두시 경에 폭우가 시작되어 동이 틀 때까지 빗방울이 뚝뚝 들었디. 멀리 노쇠해진 천둥이 마치 잔치가 끝날 때의 어수선한 분위기처럼 퇴각의 숨죽인 아우성 속에서 아직까지 몇 차례 우르릉대고 있었다. 그렇게 배를 타고 다가오며 바라보는 섬의 오늘 경관은 간밤의 고행으로 완전 기진맥진한 황량함 그 자체였다.

헌병은 그저 건성으로 대꾸하고 있었다. 그럼에도 선장은 소음을 이기려고 같은 문장을 꼬박꼬박 되풀이해가면서, 끈질기게 질문을 퍼부었다. 그가 알고 싶은 것은 오늘 아침 발견된 시체에 관한 것이었다. 뭔가를 좀더 알아야, 나중에 모두들 그에 관해 떠들어댈 때 자기가 나서서 이건 이렇다 저건 저렇다 떠벌릴 수가 있는 것이다.

하지만 헌병은 그런 수작에 휩쓸림 없이 어떤 대답도 삼가고 있었다. 어차피 이런 유의 말썽 많게 생긴 사안은 그에게 늘 있는 일상이나 다름없었다. 여기처럼 내포(內浦)에 피서객과 선박들이 뒤엉켜 있는 상황에선, 조금 강한 조수를 넘어 폭풍우라도 일라치면 매년 똑같은 사태가 일어나기 마련이고, 그때마다 바다는 자기 몫을 챙겨가기 일쑤인 것이다. 단, 사람 시체가 발견되기 전에 보통은 실종신고부터 먼저 접수되는데, 이번은 그렇지 않다는 점이 다소 의외였다.

"그것도 사람이 어떻게 되는지 누가 신경을 쓸 경우 얘기지만……"

오전 열시가 가까운 시각인데도 집 안 전체는 아직도 잠에 빠져 있었다. 바깥은 완전히 맥 빠진 분위기, 흡사 어제의 그 뜨거웠던 열기가 전혀 존재한 적도 없으며 머나먼 추억이 아니었나 싶을 정도였다. 짙은 안개가 전 해안지대에 걸쳐 더없이 비장한 분위기를 드리우고 있었다. 이제는 끝났다, 해는 더이상 나지 않을 것이고 바다는 언제 저런 심통에서 벗어날지 아무도 모른다, 바캉스는 완전 물 건너간 얘기다, 깨끗이 접어야겠다 등등의 생각들이 줄지어 많은 사람들의 머릿속을 점령했다. 심지어 어제의 해변을 들쑤시던 그 소란스런 분위기, 좋은 날씨엔 영락없이 고개를 내미는 그놈의 족속들마저 그리워질 참이었다.

"걱정 마세요, 여기 날씬 금세 변합니다…… 두고 보십시오, 정오쯤엔 아마 견딜 수 없을 만큼 뜨거워질걸요."

영감은 일찌감치 일어나 있었다. 그는 부엌으로 들어서는 보리스에게 전자레인지에 데울 커피를 건네주고, 토스터가 어디에 있는지 가르쳐주었다.

"어제 그쪽을 비겁하게 놔두고 온 것, 너무 고깝게 생각진 말구려. 왠지 집에 돌아가고 싶더라구 알겠지만, 한밤중에 수영을 한다는 건 내 나이엔 어울리지가 않아요. 벌써 낮에도 실컷 시달린 입장이고…… 아무튼, 어제 내가 보기에는 다들 괜찮을 것 같았으니까."

잠깐 동안의 침묵에 때마침 구멍을 뚫은 건 토스터였다.

"빵이 다 된 모양이구려. 근데 말이오, 나도 전성기 땐 야간수영 하면 그리 빠지지 않는 몸이었다오. 가끔은 저 북쪽으로 작은 섬들 있는 곳까지 다녀오기도 했거든. 정말이지 악마를 시험하는 듯한 기분이었어…… 그나저나, 오늘 아침엔 쥘리가 영 안 보이네, 당신은 봤소?"

보리스는 이 질문이 어떤 저의(底意)로 똘똘 뭉친 채 자신을 겨냥하고 있다는 걸 직감했다. 하긴 영감에게서 그런 질문을 받는 것은 거의 필연이었다.

"보통은 걔가 어느 누구보다 먼저 일어나거든. 한데 오늘 아침엔 방문을 두드려도 영 반응이 없어. 뭐 그냥 내버려두긴 했는데…… 당신 커피도 다 데워진 것 같소."

보리스는 전자레인지에서 커피를 꺼내다가 너무 뜨거운 나머지 그만 잔을 놓치고 말았다. 순간, 미리 귀띔을 안 해준 영감한테 울컥 화가 치밀었다.

"저런, 내 잘못이오. 미리 귀띔을 해주었어야 하는 건데. 어쩌겠소, 나한테 이놈의 기계들이란 꼭 해답 없이 언제까지나 방치되어 있을 질문들처럼 항상 알쏭달쏭한 존재들이니 말이오……
커피 한 사발 데우는 데 이십 초가 걸린다니, 정말 미스터리야. 당
신은 어떨지 모르겠지만, 나한테 이런 건 완전 능력 밖이에요. 입
자 가속기라든가 인간유전자 지도 같은 것도 다 마찬가지지. 어
떻소, 당신은 그런 거 이해가 되오?"

사실 보리스는 아침에 잠이 깼을 때부터, 그 어떤 대화도 감당
하고 싶은 마음이 없었다. 그런 아침 기분에다, 이제는 화상까지
입어 손가락 끝이 욱신거리는 상황. 그나마 아쉬운 대로, 마치 남
의 손인 것처럼 오른손을 왼손으로 받쳐 쥐고는 호호 하며 있는
힘껏 불어대는 게 고작이었다.

"보통 내 나이 정도 되면 화상에 대처하는 수많은 묘책들을 갖
추고 있기 마련이지요. 뭐 얼음찜질을 한다든가 버터를 바른다든
가, 하다못해 무슨 주문을 외운다든가 말이오. 한데 의사선생 전
화번호 말고는 아는 게 없으니…… 섬 반대편 끝 쪽에 사는 친한
의사가 한 명 있어요."

순간, 영감이 고의적으로 전자레인지를 최대치로 조절해놓았
다는 생각이 보리스의 뇌리를 스쳤다. 그저 아침에 한번 툭 건드
려보는 심심풀이 장난인 셈이었다.

가뜩이나 어수선한 분위기에, 문득 부엌 창문 두드리는 소리가

가세했다. 바깥에서 헌병이 너무 세게 두드린 것은 아닌지 난처해하는 눈빛으로 기웃거리고 있었다. 영감은 곧 나간다는 신호를 보내고는, 보리스에게 얼른 양해를 구했다.

"……어쨌든, 편하게 있어요."

남의 집에 혼자 덩그러니 있는 것엔 항상 어떤 불편함, 약간의 초조함이 따르는 법이다. 하지만 보리스는 그런 편치 않은 심기란 한 번도 가져본 적이 없으며, 무엇이 들어 있을지 모를 찬장을 제멋대로 열어보거나 거기서 독특한 면모를 발견하고, 허용된 것 이상의 영역을 넘보는 것에 묘한 쾌감마저 느끼곤 했다. 모자를 벗은 채, 매우 정중한 태도와 존경심 어린 표정으로 뭔가를 이야기하는 헌병과 그에 잔뜩 귀기울이는 영감의 모습이 젖은 창문 너머 내다보였다. 영감은 언뜻 당황해할 뿐 별 대꾸는 하는 것 같지 않았고, 상대가 건넨 문서에 잠시 서명하는가 싶더니 다분히 풀죽은 동작으로 작별인사를 고했다. 그러고도 정문까지 걸어가는 헌병의 뒷모습을 오랫동안 바라보는 것이었다.

이윽고 영감은, 여전히 슬리퍼 차림으로 정원 끄트머리, 만 전체가 내려다보이는 절벽 가장자리까지 걸어나갔다. 그는 180도에 달하는 전망을, 어딘지 심각할 정도로 깊은 생각에 잠긴 채 조용히 둘러보았다. 그러는 동안 보리스는 언제나처럼 태평스럽게 두번째 커피를 준비하는가 하면, 토스터에 새로 빵을 재우고 전자레인지는 적당한 온도로 맞추어놓았다. 모든 것이 데워지는 동안, 그는 부엌과 저 앞에 일렁거리는 풀장 수면을 물끄러미 바라보고 있었다. 여기가 바로 내 집이려니 하는 상상에 가볍게 잠기면서, 그는 모든 경관을 다시 한번 훑어보고 있었다. 따지고 보면 남의 집에 들어와 제집이기를 꿈꾼다는 것이 말도 안 되는 짓거리지만, 단지 그것에만 그친다면, 뭐 겉으로 드러나는 것도 아닌데다 경우에 따라선 제법 뿌듯함을 안겨줄 수도 있으니, 그저 소박한 일탈에 불과하다고 하겠다.

정확히 바로 그때, 여자는 몸을 추스르기 어려울 정도로 지독한 고통을 느끼면서 간신히 정신이 들었다. 이 아침, 그녀는 정말 자리에서 일어나기가 힘들었는데, 그건 일종의 거부반응 같은 것이었다. 그만큼 괴로우면서도, 이제 고비를 넘겼다는 생각에 다소 안심은 되는 몸 상태였다. 하긴 간밤엔 너무 과했었다. 사방이 물이기도 했거니와, 온몸의 체력이 죄다 빠져나가버려 더욱 헤어나기 어려웠던 심연, 냉기 속의 과도한 수영이 초래하기 마련인 그 치명적인 무거움이라니……

……그리고 무엇보다 그가 있었다. 항상 의중을 저만치 비껴가는 듯한 제스처, 이 몸 너무 단단히 끌어안은 두 팔, 그에 저항하느라 애먹었던 기억, 하지만 여자 다루는 폼은 과연 일품이요

두 몸뚱어리 포개어지는 순간은 또 얼마나 아찔했던지……

제 발이 저린 나머지 허겁지겁 파도 소리에 소음을 묻었고, 그런 만큼 더더욱 달아오른 입술과 부들부들 그 입술을 가로막는 손가락. 그러는 가운데 지근한 거리의 언니에 대한 부담감, 흡사 질병처럼 내습하는 부끄러움이 얼음장처럼 휘감아돌면서 점점 거리가 가까워질수록 그녀의 심기를 어지럽힌 것이었는데……

결국 궁극의 쾌감이기라도 하듯 결정적인 순간 심한 거부감이 그녀를 엄습하자, 후닥닥 포옹을 풀면서 물 속으로 다시 잠겨들었던 것. 그 사이 언니는 같은 지점에 도달했고, 그녀는 보다 확실히 거부하는 뜻에서 아예 그곳을 피해버렸다.

그가 있는 방이 아닌 자기 방에서 잠을 잔 것 역시 같은 뜻에서였다. 언제나 권태로움으로 팽배한 이곳, 이 난데없이 나타난 사내를 신이 내린 선물쯤으로 여기고 싶은 강렬한 욕구에도 불구하고 그녀는 결코 무너지지 않았다. 아마도 남자의 다소 강한 주장에 적잖이 질린 면도 있었을 것이다. 여자 쪽에선 이미 넘어간 것처럼 보일까 오로지 그게 걱정인 판에, 복도에서까지 그렇게 떼를 쓰다니. 남자는 더 보채지 않고 자기 방으로 돌아갔는데, 그 때문에 화가 난 것 같지는 않고 오히려 전보다 훨씬 더 매력적으로 느껴졌다. 아니나 다를까, 여자는 밤새도록 그 일만을 생각했고,

살짝 맛보았던 일탈을 내내 되새김질하다 못해 아쉬워하기까지 하는 것이었다. 비록 이 아침, 그녀의 마음을 어지럽히는 유일한 문제란 바로 그들 사이의 일을 누가 눈치채진 않았을까 하는 걱정, 그 불안감이지만 말이다.

선장한테는 벌써 두번째 여정이었다. 암초 위를 스치듯 나아가고 물살을 헤치면서 수로를 타는 것, 바위에 바짝 붙어서 다른 바위를 아슬아슬 비껴 도는 등, 그 모든 일들이 그에게는 그저 형식적인 업무에 불과했다.

좀더 분명히 표시하기 위해 암초들마다 세워둔 소형 십자가들은 이제 벌겋게 녹이 슬었는데, 바로 그것을 지표로 삼아 배가 기우뚱기우뚱 돌아다니는 것이었다. 만조 때는 수면 위로 십자가만 드러나지만, 물이 빠지고 나면 암초들 위로 비죽이 솟은 그것들 때문에 바위 하나하나가 죄다 주인 없는 무덤처럼 보였다.

다시 해가 났다. 강렬한 햇살과 도로 찾아온 열기 속에서, 앙드레 피에르는 덤덤하게 그 광경을 감내하고 있었다. 지난 삼 주가

넘는 동안 장모는 오로지 이 순간이 오기만을 고대하고 있었다. 즉, 이렇게 단둘이 있게 될 때만을 바캉스 시작부터 기다렸던 것이다. 이런 기회를 만들기 위해 그녀는 오늘 아침 팽폴로 장을 보러 간다는 핑계를 둘러댔고, 물병이랑 바구니랑 들어야 할 짐이 많음을 내세워 같이 가주기를 요구했었다. 하긴 워낙 혼자 가기엔 썩 내키지 않는 길이기도 했다. 시장 주변에서 구걸하는 떼거리에 관한 소문을 익히 들어왔기 때문이다. 여름 내내 그 주변지역을 어슬렁거린다는 젊은애들 얘긴데, 듣다보니 점점 두려운 생각을 갖지 않을 수 없었다. 그도 그럴 것이, 구걸을 한다지만 진짜 목적은 그러는 척하면서 상대의 면면을 집요하게 살피고 온갖 정보를 캐내, 그 집이 텅 비는 시간대가 언제쯤인지를 알아내는 데 있다는 것이었다.

그녀는 한편으론 아이들을 얼러도 보고 또 한편으론 자신의 두려움도 벗어버리기 위해 그들과 마주칠 때마다 상냥하게 인사를 건네곤 했는데, 어쩌다보니 그 화사한 미소 때문에 참 예쁘시다는 말도 듣게 되고 심지어 나이 예순인 이 여인한테 홀딱 반했다는 소년들도 부지기수였다.

그녀에게 오늘의 행차는 식료품 조달을 넘어서, 사위와 더불어 두세 가지 점을 분명히 짚고 넘어갈 좋은 기회이기도 했다. 왠지 이 남자와는 지독히도 뭔가 소통이 어렵다는 불편한 느낌을 늘 가

74

져온 터였다. 그렇다고 그를 아끼지 않는다거나, 온전히 받아들이지 못한다는 뜻은 아니었다. 원래 모든 어머니들은, 제아무리 독한 어미라 해도, 딸의 남편을 막 대하지는 못하는 법이다. 심지어 어떤 때는 감지덕지하기 마련인데, 특히 딸의 인생 출발이 순조롭지 못했다는 것을 아는 경우엔 더더욱 그랬다.

앙드레 피에르를 처음 만났던 시절만 해도, 바네사는 그저 기나긴 조난 상태에 불과한 청소년기에서 완전히 헤어나오지 못하고 있었다. 온갖 어려움에 시달리다보니 어느새 나이만 먹었고, 이렇다 할 자격도 앞으로의 비전도 없는, 그저 가진 거라곤 나쁜 친구관계와 만성적인 우울증이 전부인 여자가 되어 있는 것이었다. 심지어 남동생이 하는 짓거리 모두가 바로 누이인 그녀를 빼다 박느라 그런다고 할 정도였다. 그만한 또래의 여자아이들이 흔히 그러듯, 그녀는 반항을 통해 자신을 표현하는 걸 무슨 본분처럼 여겼다. 뭔가를 진정으로 요구하려면 일단 그것을 겉으로 드러내는 최소한의 용기, 즉 적극성이 전제되어야 한다고 할 때, 그녀는 차라리 내밀한 반항을, 소리 죽인 니힐리즘을 선호하는 입장이었다. 도시생활의 숱한 우여곡절과 다니는 둥 마는 둥 했던 대학생활이 끝나고 나서는, 곧장 가족의 울타리 안으로 처박히듯 들어앉아 딱히 하는 일 없이 포도원 농사나 쓰렁쓰렁 도우며 지냈다. 그러던 중, 아비지가 그녀에게 포도 수확물의 홍보와 판매 일을 맡겨보려고 한 적이 있었다. 그때, 음향시설까지 구비된 포도주 시음 살롱에 관한 아이디어를 낸 장본인이 바로 그녀였다. 이런 맥락에서 앙드레 피에르라는 존재가 중요해지는 건 지극히 당연했다. 앙드레 피에르가 누구인가. 이미 오래 전부터 포도원에서 일한 사람이고, 불과 몇 년 새에 경리부장에서 전체 부사장으로 승진했으며, 따님과 교제하기 전부터 그 아버지의 변치 않을 신뢰를 한 몸에 받아가면서, 사업에 대해 점점 흥미를 잃어가는 사장의 빈자리를 메워 휴가철에는 그 직무를 대신 넘겨받아 행사했을 정도…… 비행기 왕복여행에 대한 공포심이 없는 관계로 과감히 일본 정복에 나설 수 있었고, 무엇보다 바네사를 한 여성으로 만들 줄 알아 결국에는 두 번이나 아기를 갖게 만들어준 사람 아니던가! 분명한 것은 그 앙드레 피에르, 처음에는 그저 탁월한 직원이자 동업자이며 너무 똑똑한 사람이다보니 그냥 능력 있는 인물로서 아낌을 받던 바로 그 앙드레 피에르가 가족의 일원이 됨으로써 모든 이들의 더욱 큰 사랑을 받을 수 있게 되었다는 사실이다.

결국 사업의 명맥을 확실하게 이어줄 사람은 앙드레 피에르뿐이라는 결론이었다. 다만 조건이라면, 언젠가는 그가 필립과 더불어 책임을 나누는 데 동의를 해야 한다는 점이었다. 어차피 영감은 말썽쟁이 아들을 완전 포기한 적이 없으며, 대를 이어줄 장본인은 누가 뭐래도 아들이라 생각하고 있었던 것이다. 이렇듯, 사업의 지휘권을 아들에게 물려줄 때가 임박할수록 두 남자를 서로 화합하게 만드는 일 또한 시급해졌다. 2항체제로 갈 바에야 어떤 식으로든 갈등이랄지 분쟁이 있다는 얘기가 돌아선 안 되겠기 때문이다.

이제 일흔다섯이 조금 넘은 나이, 영감은 은퇴할 때가 이미 지났다고 판단했다. 그 자신과 아내를 위해 남은 바람이라고는 단하나, 가능한 한 대부분의 시간을 이곳 브레아*에서, 더이상 그 무엇에도 신경쓰지 않고 지내는 것이었다.

"하지만 필립을 잘 아시지 않습니까? 결코 변하지 않을 겁니다. 사람이란 그리 쉽게 변하는 게 아니죠…… 그렇게 번듯한 직책과 사무실을 손에 쥐여준다고 해서 어느 날 갑자기 성인(成人)이 되는 것은 아닙니다."

"이것 보게, 앙드레 피에르, 자네가 우리 가족이 된 이후로 나는 자네를 내 자식들과 똑같이 아끼고 사랑해왔네. 그렇다면 이제 자네 쪽에서도 내 아이들에게 그와 똑같은 애정을 돌려주고 정성껏 도와야 하는 것이네. 자네가 필립을 돌봐줘야 한단 말이지.

---

* 브르타뉴 해안에 위치한 섬.

내 생각 같아선 아버지처럼이라 말하고 싶네만, 우선 적어도 형제처럼은 그애를 대해줘야 마땅하다고 알고 있네. 이건 정말 중요한 일이야, 그애한테나 우리 모두한테 말이지. 그애도 일 없이 평생 지낼 수는 없는 것 아닌가. 허구한 날 저렇게 떠돌아다닐 수만은 없지 않겠어……"

바로 그쯤에서 앙드레 피에르는 자신의 타고난 본성이 어떤지, 즉 언제라도 싸늘하게 돌아설 수 있는 매정한 사람이라는 것을 여실히 보여주었다. 그는 멀리 십자가들이 늘어선 광경을 물끄러미 바라보았는데, 그것들은 타인이 길 잃고 헤맬 때 일정한 지표를 마련해주는 고귀한 행동, 그로서는 전혀 욕심나지 않는 일종의 사도직에 대한 경의(敬意)의 표시들 같았다. 그러고 보면 표정의 단호함이랄지, 유일한 장점이라곤 모든 것을 지극히 단순화시킨다는 것뿐인 그 고집도 스스로에게 최소한의 동정심조차 허락하지 않는 철저한 에고이즘의 한 단면에 불과했으니…… 필립에 대해서라면, 판매나 홍보 쪽으론 거의 생각해본 적이 없을뿐더러 아마도 포도재배라든가 농지의 말뚝을 바꾸는 일, 황산 소독약 치는 일 정도를 거들 수는 있을 터…… 앙드레 피에르는 처남이 어떤 사람인가에 대해 너무도 잘 알기에, 그 천방지축인 성향을 결코 간과할 수가 없었다. 다른 사람과는 달리 그는 처남의 온갖 엉뚱한 행실과 꾸미고 다닌 짓거리에 관한 소문을 훤히 꿰뚫고 있었다. 오래 전부터 그는 처남에 관련된 비밀들, 요컨대 버릇없는 자식이라는 정도의 흔해빠진 평가를 확실히 뒤엎어버릴 만한 지저분한 사연들을 철저히 차단함으로써 가족에게 충격이 가지 않도록 배려해왔다. 아주 내치기까지야 하지 않겠지만, 이전과는 다른 눈으로 자식을 바라볼 것은 확실할 테니까…… 결과적으로 그는 이 집 아들의 체면 유지에서 마지막 보루나 다름없었고, 그에 상응하는 대가로 일종의 보상을 기대해온 셈이었다. 처남의 뒤죽박죽 인생을 섬세하게 은닉해주면서, 그것을 최후의 무기로 삼아왔다고나 할까. 지금까지 그는 매달 필립에게 쏟아부은 돈이라든가, 우편물을 보내온 정확한 주소, 엽서가 미국에서 날아온 것처럼 하기 위한 교묘한 중간 작업 등등 일체의 문제에 관해 철저히 함구해왔다.

하긴 이런 일들이 까발려진다 해서 뭐 하나 달라지는 건 없을지도 몰랐다. 어머니는 다시 한번 아들의 역성을 들어줄 것이고, 아버지 역시 모든 걸 하찮게 치부하면서 원칙적으로 허물을 눈감아줄 테니까 말이다. 이 집 아들에 대한 기대를 덮도록 종용한 것이 이번이 처음도 아닌 만큼, 아주 까다로운 일에 직면한 셈이었다. 앙드레 피에르는 녀석과 제대로 어울리기가 얼마나 불가능한 일인지 처음부터 실감해온 터였다. 그가 보기에 필립은 결정적으로 아무짝에도 쓸모가 없고, 전체적으로 무능할뿐더러, 수상쩍기 짝이 없는 인간관계에다 마약까지 상습적으로 해대는 놈이었다.

"……그애 친구들이 어떤지 보기만 해도 아실 겁니다. 집에 있는 그 녀석이요. 이틀밖에 안 된 지금 녀석이 얼마나 제멋대로 구는지 안 보이십니까? 허구한 날 해시시나 피워대면서, 남들한테까지 권하는 것 좀 보세요……"

"그렇다고 기분 나빠하는 사람은 자네밖에 없는 것 같아……"

"하지만 계속해서 녀석을 그 지경으로 놔둔다면, 언젠가는 우리를 몽땅 털어먹을 놈이라는 걸 아셔야 합니다. 그리고 어쩌면……"

순간, 그는 말을 뚝 멈추었다. 더이상 얘길 꺼내기가 두려운 듯했다. 기우인지는 모르나, 어디선가 보리스가 엿듣기라도 할까봐 겁이 나는 모양이었다……

"너무 그런 쪽으로만 몰 게 아니라네. 그 청년은 괜찮은 친구야. 우리 그이와 함께 어젯밤에도 한참 얘기를 나누더구만. 분명히 말하지만 그이는 사람 볼 줄 아는 눈이 좀 있는 편이지."

앙드레 피에르는 왜 자기가 그 녀석을 경계하고 혐오하는지 너무도 잘 알고 있었다. 속에 도사린 모든 것이 그저 허위와 사탕발림이 전부라는 게 확실하기 때문에, 해변을 어슬렁대는 가운데 남의 양지(陽地)나 탐내면서 여기저기 흘끔거리는, 경우라곤 조금도 없는 순전히 기생충 같은 놈이라고밖에는 녀석을 상상할 수가 없었으니…… 녀석과 비교하면 오히려 필립이 기품 있을 정도였다. 단 한 순간도 저 허풍선이가 뷔장발을 거쳤다고는 생각한 적이 없으며, 단 일 초도 라살리앵*의 일원으로 본 일이 없었다. 그런 곳을 거친 사람이라면 어느 정도 수준의 교육은 받았으되, 겉멋 같은 것엔 거의 물들 리가 없었을 터……

"근데 어떻게 녀석을 전에 한 번도 본 적이 없는 거죠?"

"애들이 모처럼 기숙학교에서 벗어나 자유로움을 만끽하는 판에 남의 집 부모랑 같이 사는 데 가서 지내려 할 리는 없겠지…… 워낙에 필립이 학교 친구를 집에 데려오는 애도 아니고 말일세. 내가 보기엔 그렇게 맘 편히 구는 게 왠지 죄스러웠던 모양이네. 분명 다른 애들 같았으면 그와는 정반대로 행동했을 텐데 말이야……"

앙드레 피에르는 다시 한번 고개를 돌리고는 막 튀어나오려는 말을 이를 악다물어 막는가 하면, 막막한 파도 위로 황망한 시선을 굴릴 뿐이었다.

"자자, 요즘 자네가 다소 긴장을 하고 있다는 거 잘 알고 있네. 일을 너무 많이 한 탓이야. 하지만 안심하게, 우리 두 내외는 자네

---

* 장 바티스트 드 라살을 모범으로 하는 청소년 가톨릭 단체.

한테 전적인 신뢰를 두고 있으니까…… 나는 자네가 멋지게 해 낼 거라고 확신한다네. 하지만 내가 이것만은 꼭 바라 마지않는 다는 것도 알아주었으면 해. 글쎄, 그냥 호의라고 해두지. 필립과 좀 잘 지내주게나. 바캉스라는 게 자네하고 필립하고 한데 어울 리며 이야기도 나누고 그럴 수 있는 최고의 기회일 텐데 말이야. 모든 문제를 편하게 놔버린 채, 두 사람이 의기투합하기엔 더없 이 좋은 시간이지…… 나 좀 돕는 셈치고 그래달라는 걸세. 이곳 의 모든 게 그애 것이야. 더이상 그애가 거기 있다는 건 생각하기 도 싫으이, 그앤 이제 미국에서 할 일이 없어요."

그와 같은 신뢰의 태도를 대하자, 그는 그야말로 악착같이 이 를 악다물 수밖에 없었다.

이제 배는 더욱 빠르게 나아갔다. 선장은 힘겨워하던 자신의 플레이어 호에 이미 재시동을 건 상태였다. 이는 곧 조류해역을 벗어났다는 뜻이며, 더이상 키를 부여잡고 흐름을 상쇄시킬 필요 가 없다는 얘기였다. 그가 내뿜는 누르스름한 담배연기는 한동안 바람을 피해 조종실 안에 머물러 그의 머리 위를 맴돌더니, 갑작 스럽게 확산되면서 일순 바깥으로 사라져버렸다.

그들이 지나는 바로 밑으로는, 한 사오 미터 깊이에서, '라 퀴 스 데 담'*이라 불리는 통행로가 조수로 뭉개진 발자국과 대양에

삼켜진 표식들을 고이 안은 채 잠들어 있었다. 불과 몇 시간 전만
해도 멀쩡하게 수면 위로 드러나 있던 길인데, 앞으로 또 몇 시간
만 있으면 다시 그런 상태로 돌아올 것이다.

★ 프랑스어로 '부인네들의 허벅지'란 뜻.

줄리가 방에서 내려왔을 때, 보리스와 영감은 풀장 가장자리에 함께 있었다. 그녀는 손으로 햇빛을 가리며 다가와 아버지를 살짝 포옹한 뒤, 보리스에게는 들릴락 말락 한 목소리로 인사를 건넸다. 그러고는 이런저런 얘기를 늘어놓았다. 아침에 헌병이 온 것을 창문을 통해 봤다는 둥, 잠이 깨면서 기분이 이상하더라는 둥……

아버지는 히죽이 웃으며 딸을 안심시켰는데, 그건 순간적으로 긴장이 완화되어 흘리는 웃음, 연륜이 만드는 익살기가 첨가된 채 던져지는 실소, 소위 세상만사가 다 거기서 거기임을 입증하는 듯한 웃음이었다. 대개 아이의 웃음이 결국 아무것도 모르고 웃는 웃음이자 뭔가 극적인 태도에서 의연한 태도까지, 일회적인 일에서 근본적인 문제까지를 분간하지 못하는 이의 웃음이라면, 나이 지긋한 남자의 웃음은 그와는 정반대라고나 할까…… 영감의 웃음은 그렇게 모든 것을 분별하는 선견지명의 웃음이자, 마치 어렸을 때처럼 아무것도 걱정 말기를 바라는 마음만을 듬뿍 담아 딸에게 보내는 웃음이었다. 그녀는 생각에 잠긴 듯 비죽이 내민 입을 커피사발 속에 담그면서 그 너머로 아직 잠이 덜 깬 듯한 몽롱한 시선을 던지고 있었다. 그러더니 어느 한순간 크게 심호흡을 하면서, 활짝 열린 하늘과 강렬한 태양 그리고 새로운 쪽빛으로 붉은 해안선을 조율하는 저 바다를 들이마셨다.

"아, 어쨌든 간에, 특히 네 엄마에게는 말하지 말거라. 이번만큼은 불꽃놀이에 관한 무슨 허가서인가 뭔가 하는 데에 서명을 하라고 하더구나. 아주 공식문서로 못박아두자는 얘기지……"

영감은 다시 보리스를 향해 이렇게 말했다.

"실은 작년에 멍텅구리 같은 폭죽 하나가 '풀 블랑슈' 포구의 어느 사유 선착장에 정박한 요트 두 척에다 불을 내고 말았거든. 그날 이후로 언제 저들이 들고일어날지 사실 전전긍긍하고는 있었지. 어쩌겠소, 당시 필립이 술을 너무 마셨는걸…… 아참, 그 얘긴 그쪽도 들었겠구만."

한데, 이번에는 영감의 얼굴에 웃음이라곤 찾아볼 수 없었다.

저만치 바네사와 아이들이 포구에서 올라오고 있었다. 노랑고

자그마한 양동이 두 개에 조개류를 가득 담은 채 방수복은 팔에 걸치고서, 두어 시간의 산책 겸 다녀오는 길이었다.

점심은 덧문을 반쯤 닫아놓아 서늘함이 유지되고 있는 아래층 거실에서 먹었다. 정오에 맞춰 한 여자가 와서 식사 준비를 하고 식탁까지 차려놓는다. 보리스는 나이 지긋한 이 여인이 부엌에서 식탁으로 분주히 오가는 모습을, 식기를 늘어놓는 동작 하나하나까지 놓치지 않고 눈으로 훑고 있었다. 요컨대, 그 여자는 보리스도 도통 파악하지 못하고 있는 유일한 인물이었다. 도대체 이곳에 사는 사람인지 육지에서 건너온 사람인지, 짐짓 저런 식으로 꾸미지 않았을 때의 목소리는 과연 어떤지? 마침내 집을 나서는 그 여자의 뒷모습을 물끄러미 바라보면서 보리스는 문득 음식점에서 일하고 있을 자기 어머니를 머릿속에 떠올렸다.

영감은 필경 지금까지도 섬 전체를 헤집어 다니고 있을 헌병이 그날 아침 들려준 이야기를 전하느라 모두의 관심을 한데 모으고 있었다. 하긴 타인의 죽음을 두고 이러쿵저러쿵 떠들어대는 것만큼 사람들이 좋아하는 것도 없으리라…… 한 남자가 새벽녘에 물에서 건져졌다. 지금부터 이 년 전의 경우와 마찬가지로, 이 지역을 에워싸고 있는 바위들 틈에 걸려 있다가 발견된 것이다. 영감은 그와 같은 사고들이 일부 정신 나간 사람들의 충동적인 물장난에 기인한다는 입장이었다. 그런 사람들끼리는 툭하면 멕시코 만류까지 헤엄쳐서 합류하는 것을 내기 삼아 즐기는데, 가능한 한 그 거리를 줄이기 위해 간조 때를 틈타기 일쑤였다. 그러고 나서는 속절없이 난류에 몸을 맡기는 것이었으니……

"몇 년 전에 바로 이 같은 영웅주의 흉내내기가 한창 유행이었지. 뭐랄까, 폰세 데 레온*의 후계자들이라고나 할까, 그 대단했던 콘키스타도르**도 결국 만신창이가 되어, 사체는 해류에 실려 귀환했단 말이거든. 전설상으로는 그가 바로 멕시코 만류를 타고 예까지 온 것이라 전해지지. 아메리카 대륙에서부터 저렴한 비용으로 이곳에 이주해올 생각을 하는 사람들한테 그런 식으로 길을 열어주었다고 말이야…… 그게 단순한 전설일 뿐이라고는 생각

---

* 1460?~1521, 멕시코 만류와 플로리다를 발견한 스페인의 탐험가.
** conquistador, 정복자.

지 말자구. 백상아리들도 헤엄치는 수고를 덜기 위해 멕시코 만류에 몸을 맡기는 판국이라는 걸 생각해봐. 이곳에서 많이 잡히는 뱀장어들은 또 어떤데, 거의 대부분이 사르가소 해역에서 산란된 거잖아…… 난 말야, 그런 게 죄다 어떤 비유가 될 수 있다고 생각해…… 어쩌면 필립도 그런 방법으로 우리한테 돌아올지 모른다고 말이야……"

영감은 또다시 분위기를 어수선하게 만든 셈이었다. 모두들 이번은 과연 유머인지 아니면 그저 심술인지를 가늠하기 위해 잠시 숨을 고르고 있었다.

"아무튼 그애가 비행기보다 멕시코 만류를 더 좋아한다면, 앞으로 두 달 내에 보기는 그른 셈이지……"

이 말에 유일하게 피식 웃은 이는 보리스뿐이었다. 영감은 자기와 격이 맞는 말상대를 찾아서 무척이나 기쁜 모양이었다. 요컨대 무엇이든 진지하게 받아들이기 일쑤인 사람들 틈에서, 그나마 사소한 농담에 주눅들지 않고 만사 경쾌하게 받아넘길 줄 아는 자가 하나 있으니……

그렇게 암묵적으로 통하는 척함으로써, 보리스는 가부장으로부터의 신뢰를 다시금 회복한 셈이었다. 요즘 들어 여기 사람들은 그를 뻔뻔스런 허풍쟁이가 아닌 은근한 몽상가로 보는 경향이 점점 더해가는 중이었다. 앙드레 피에르는 이러다가 언젠가는 한데 합쳐지는 게 아닐까 하는 걱정 때문에, 그 설익은 공모관계가 영 내키지 않았다.

한편 쥘리는 귀만 내어준 채, 간밤 함께 수영한 생각에만 골똘히 잠겨 있었다.

"그나저나 멕시코 만류는 뭘 보고 알 수 있는 건지……"

"마치 강물과도 같다고 할 수 있지, 바다 한복판에서 해수를 관통하며 흐르는 강물 말이야……"

"그걸 어떻게 따라잡는데요?"

"날치만 따라가면 충분해……"

음식을 먹다보니, 어느새 여자는 그 아리송한 일들이 더이상 언짢지가 않았다.

*

오후에 여자들은 모두 함께 테니스 코트나 가보자고 제안했다. 뷔장발에서는 테니스가 엄청난 인기 스포츠였고, 주말마다 기숙생들로 코트가 바글바글했다지 않은가. 필립이 테니스에서만큼은 탁월한 젊은이인 이유가 거기에 있는데, 아마 보리스의 실력도 만만치는 않을 것이었다. 이번에는 앙드레 피에르도 슬그머니 꽁무니 빼는 짓은 하지 않았다. 그렇게 하기에는 찔리는 부분이 컸고, 무엇보다 두고두고 사람들 입방아에 오를 거라는 점을 그도 잘 알고 있었다.

방에 남은 영감은 정작 낮잠을 잔다기보다는 그저 명상에 잠겨 있었다. 그는 이 지역으로 흘러드는 난류의 모든 움직임을 몽롱하게 그려보고 있었다. 그 덕에 이곳에는 꿈결 같은 특이한 여름 날씨가 만연해, 종려나무나 왜금송을 넘어 유칼립투스라든가 만드라고라 같은 식물까지 쑥쑥 자라나는 판국이었다. 그렇게 종종 그는 난류의 이미지에 기대며 잠들곤 했다. 확실하게 눈에 보이는 데까진 이르지 못하면서도, 그것은 항상 머릿속으로 그려보려는 시도에 그치고 마는 일종의 강박증이었다. 루아르 강의 오십 배라…… 멕시코 만류의 유량이 나의 포도주에 축복을 내려주는 저 은혜로운 강 루아르의 오십 배에 달한다니…… 그는 수많은 양떼가 한 마리 한 마리 백상아리의 모습을 취하는 가운데, 잠에 완전히 사로잡힐 때까지 그 엄청난 장관에 골몰하고 있었다.

테니스 코트는 사유지 한쪽 구석, 바람이 잘 들지 않는 아담한 공터에 마련되어 있었다. 사람들은 사프란이 돋아난 통로를 따라 소나무 숲 사이로 구불구불 다져진 오솔길을 걸어 그곳에 다다랐다. 소택지에 인접한 훈훈하고 향기로운 숲내음, 추분점의 열기, 한껏 풀어헤친 여자들의 몸가짐하며, 모든 것이 흡사 리비에라 해안을 연상시켰다. 특히 태양이 그 정점에 닿을 시각이기에 더욱 그랬다. 나무껍질들이 죄다 붉은 빛을 띠어가고 녹색 솔잎뭉치가 마치 에메랄드 조각들처럼 빛을 발하는 가운데, 푸른 하늘은 상쾌한 한 폭의 배경을 펼쳐 보이고 있었다. 나뭇가지 사이로 드문드문 반짝거리는 바다는 이차원으로 환원된 신기루 그 자체였다. 그리스풍의 푸른빛 한복판에는 마치 하늘과 물 사이에 아런히 떠 있는 듯한 섬이 아스라한 자태를 드러내고 있었다. 보리스는 그 모든 것을 은총의 순간을 접수하듯 밟아가고 있었다. 지난 몇 달에 비추어볼 때 여기 이렇게 있을 수 있다는 사실이 다소 믿어지지 않는 가운데, 지금과는 판이했던 자신의 모습을 드러내지 않으려고 그는 걸음걸이부터 단단히 다잡았다……

큼직한 나무들을 끼고 돌아들자마자 갑자기 높다란 철책에 맞닥뜨렸다. 다름 아닌 테니스 코트를 빙 둘러서 설치한 철책인데, 현기증이 나리만큼 높게 세워져 있었다. 그는 촘촘한 쇠창살로 절단된 수평선을 바라보면서 끔찍했던 지난 기억을 신물처럼 삼키고 있었다. 사실 그 철책은 보기보다 유연했고, 그다지 자유를 구속한다고도 볼 수 없었으며, 자물쇠도 없는 문은 언제든 활짝 열릴 준비가 되어 있었다. 하지만 그것을 대하는 순간 보리스는, 비록 내색은 하지 않았지만, 자기 내부로 움츠러들다 못해 처참히 거꾸러질 정도의 엄청난 충격을 받았다.

여자들은 열기가 수그러들 때까지 게임은 하지 않고 벤치에 앉아 구경만 하기로 했다.

보리스는 사실 철책이 아니더라도 갖은 굴욕의 기억들이 울컥치미는 걸 느끼고 있었는데, 그건 단순한 약점 이상으로 민감한 것이었다. 테니스라 하면, 물론 하나의 스포츠이지만 그에게만은 상징적인 그 무엇이었고, 무척이나 굴욕감을 느끼게 만드는 것이었는데…… 다름 아니라, 저들이 흰 반바지를 차려입고 노란 공과 라켓을 꺼내 들었을 때의 그 눈꼴사납게 뻗대는 꼴이란. 애당초 그런 잘난 척할 입장이 결코 못 되는 처지인데다 어딜 봐도 남보다 우월한 면이라곤 없고 맨손이라면 그저 나약할 뿐인 인간들이 라켓만 손에 쥐고 나면 일종의 자격을 주장하고 나서면서 코트를 종횡무진 누비는가 하면, 소위 교육받은 티들은 또 어찌 그리 드러내는지…… 하지만 기분 상하기 싫다고 해서 단 한 번도 그 앞에서 회피한다거나 한 적이 없는 그이다. 매번 저들이 게임을 권할 때마다 그는 거기에 응해왔다. 규칙 대신 본능을, 관습 대신 욱하는 기운을 내세우는 것만으로도, 사태가 자신에게 이롭게 전개될 거라 여전히 확신하면서.

"뷔장발에서는 한 해에 시합이 두 번씩 열렸던 것 같은데, 당신은 매번 이겼겠지요?"

게임에 들어가기도 전에 앙드레 피에르가 그렇게 빈정대고, 심지어 상대를 위아래로 훑어보기까지 한 것은, 왠지 보리스가 라켓 쥐는 폼이 영 어설프고 뭔가 자세가 어중간하면서, 원래 가지고 있던 거만하고 유연한 태도는커녕 어쩔 줄 몰라하는 듯 여간 어색해 보이지가 않았기 때문이다.

먼저 진영을 정할 권리가 보리스한테 주어졌는데, 그는 태양에 면한 곳을 앙드레 피에르에게 미루었다. 한데 시합을 개시하기도 전에, 앙드레 피에르가 물 좀 마실 겸 타임을 요청하는 것이었다. 보리스는 여자들더러 함께 복식게임을 해보자고 마지막으로 다 그쳤다. 넷이 한꺼번에 코트를 누비면 훨씬 재밌지 않겠느냐며 부추겼지만, 여자들은 기어코 사양한 채 두 발 모두 벤치 위에 얹을 수 있도록 다리를 끌어 모아 고집스레 앉아만 있었다. 그렇게 시원한 그늘 속에 앉아서 남자들을 바라보는 것이 더 좋고 재미나는 모양이었다.

여자들의 그런 모습을 보는 것만으로도 보리스는 한층 더한 압박감을 느꼈다. 쥘리는 다리를 햇빛에 고스란히 노출한 채, 나머지 몸은 뒤로 쭉 빼고 있었다. 보리스는 한참 동안 여자의 노출된 허벅지를 눈으로 훑었다. 이쪽을 똑바로 쏘아보며 저러고 있는 여자의 막돼먹은 대범함에 남자는 오히려 기운이 녹아내리는 듯했다. 한편 바네사는 눈앞의 이런 수작을 질투나 언짢은 기분 하나 없이, 그저 체념한 듯 관대한 눈으로 관망하고 있었으니……

"자, 이제 시작해도 괜찮겠어……"

눈에 띄게 활력이 넘치는 앙드레 피에르가 상대의 면전에 훌쩍 나서며 호기 있게 내뱉었다.

"좋습니다. 근데 일단 몇 차례 연습 공 좀 쳐보죠……"

둘은 그렇게 십여 차례 정도 연습으로 그저 그런 공을 주고받았는데, 거듭해서 보리스가 선 밖으로 볼을 넘기는 것이었다. 이미 그는 갈증과 더위에 시달리고 있었다. 앙드레 피에르는 손을 들어 햇빛을 가린 채, 진작부터 타임을 요청할 것 같은데 어렵게 참고 있는 상대를 물끄러미 바라보았다. 한데 뜻밖에도 보리스가 반대편 진영이 더 나아 보인다며 툭 내뱉는 것이었다. 아무리 생각해봐도 자기는 햇빛을 안고 싸우는 게 좋을 것 같다나…… 이런 의향을 어떤 배려랄지 자상한 뜻으로 받아들여야 마땅하겠으나, 앙드레 피에르는 그 속 어딘가 혹시 함정이 도사린 것은 아닌지 잔뜩 경계하고 있었다.

*

필립의 방을 정돈하면서, 어머니는 거기 그렇게 뒤죽박죽 방치되어온 잡동사니 속의 뭔가를 찾고 있었다. 일종의 고문서(古文書)랄까, 여태까지 어미로서 무지막지하게 들춰본다거나 옛날이 그리워 훔쳐본 일 한 번 없는 아들의 물건들. 마침내 그녀는 벽장에서 낡은 공책들을 한 무더기 끄집어냈다. 그 속엔 수업시간에 받아 적은 내용들보다 뭐가 뭔지 알아보기 힘들게 끄적인 낙서가 더 많았다. 언제나 그러하듯 무슨 과목에서건 이놈의 형편없는 노트 필기들…… 제때에 엄마 손으로 확인해주었어야 할 일부 대목이 문득 눈에 들어왔는데, 가만히 보니 서명한 필체가 조금 어색했다. 사실 아들한테 이런 재주까지 있다는 걸 몰랐던 것은 아니다. 그 어린 나이에 남의 사인까지 흉내낼 만큼 약삭빠른데다, 말하자면 위조행위를 저지를 만큼의 대담성을 갖추고 있다는 점…… 솔직히 그 정도의 치밀함과 재간을 두고 볼 때, 아들 녀석의 진짜 소명이 혹여 남을 속이고 사기나 치는 것이 되지 않을까 오랫동안 고민한 것도 사실이었다. 그래서 생각해낸 해결책이 바로 기숙학교. 아이가 지극히 참해지고 뿌리부터 점잖아져 나오게 될 견고한 체제, 그 엄격한 훈육과정의 필요성은 그렇게 해서 대두된 것이었다.

사실은 제대로 된 학급사진이나 혹시 볼 수 있을까 하는 심정이었다. 한 명 한 명 이름과 얼굴을 대조할 수 있도록, 사진이 나란히 정렬되어 있고 그 밑이나 옆에 이름이 각각 나타나 있는 것으로 말이다. 한데 정작 눈에 띄는 것이라곤 필경 오십여 명은 족히 될 전체 학생이 이름도 없이 뭉뚱그려 들어간 성가대 사진 한 장이 고작이었다. 안경은 쓰지 않았지만 그녀는 아들의 얼굴을 곧바로 알아보았다. 다른 애들과 마찬가지로 하얀색 성가대 복장을 걸치고 나무목주를 목에 건 채 바짝 친 헤어스타일, 정말이지 꼬마대장부가 따로 없었다. 깜짝 놀랄 만큼 당당한 자세하며, 그런 복장을 한 것이 제법 자랑스러웠던 모양인데…… 그 같은 분위기 속에서 필립의 모습을 다시 보니 왠지 웃음이 터져나왔다. 단정하게 깎은 머리에, 착한 사람이 되겠다는 결심으로 꼭 다문 저 입술, 온통 새하얀 차림새까지 그야말로 개과천선한 필립이 따로 없었다……

다른 학생들도 한껏 뻗댄 채 서 있는 건 마찬가지였다. 다들 나보란 듯 다섯 줄로 늘어선 모양이 훌륭한 인재 양성소다운 장관이긴 한데…… 그중에서도 그녀가 눈으로 찾는 얼굴은 키가 훤칠한 소년, 다름 아닌 보리스였다. 아들 녀석과 하도 붙어다니는 바람에, 나중에는 학교에서 다른 반에 배정해 한동안 서로를 떼어놓았을 정도였다지…… 걔들도 한창 사춘기 시절, 끼리끼리 몰려다니면서 왕따당하는 동급생 한 명 몰래 두들겨 패주는 장난깨나 쳤다고들 했다. 그러다가 엉겁결에 조금 과도한 폭행으로까지 비화된 일도 있었고 말이다. 그런 일들이 있고 나면 반드시 응분의 처벌이 따랐고, 심리치료 전문의들의 상담을 거쳐야만 했다. 필립은 그때마다 자기는 하는 수 없이 녀석들을 따랐을 뿐이라고 주장했다. 얻어맞는 입장이 되지 않으려면 때리는 쪽에 가담할 수밖에 없었다는 것이다. 그렇게 모든 행동을 구경만 했을 뿐인데도, 필립은 의심할 바 없는 공격적 성향에다 지극히 이율배반적 정신 상태라는 진단을 받았다. 요컨대 그 모든 것이 결국 기숙학교라면 어디나 있는 그저 그런 소동들이었고, 답답하게 갇혀 있다보면 지나치게 부풀려지기 마련인 폭력사태였으며, 그런 곳에서 뛰쳐나오지 못한 데 따른 앙심이 다소 병적으로 비어져 나온 것에 불과했던 셈이다.

그런데 눈에 힘을 잔뜩 주고 사진을 훑으면 훑을수록, 그녀는 애틋하기 그지없는 천사들의 늘어선 모습을 일일이 살피는 데 어려움을 느끼고 있었다. 그때쯤 보리스가 갖췄을 법한 씩씩한 자태를 몇몇 소년들에게서 확인은 했건만, 도대체가 그중 어느 것이…… 안경이 없는 상태였지만 그녀는 지금 함께 있는 청년의 광채를 조금이라도 머금었을 소년을 찾아 악착같이 사진에 매달렸다. 체격도 체격이지만, 섬세하면서도 빼어난 그 용모 그리고 검은 눈망울과 짧게 깎은 머리하며…… 먼저 아랫줄부터 한번 쓱 훑고 나서야 비로소, 신장이 이만하면 아래보다는 윗줄에 가 섰을 거라는 생각이 머릿속에 떠올랐다. 결국엔 그게 그거인 것처럼 보이기 시작하는 얼굴들을 그녀는 다시 한번 눈으로 더듬었다. 똑같은 복장의 똑같은 흰색이 그녀의 두 눈을 뜨겁게 달구고 있었다.

아무래도 좀더 자세히 연구를 해야겠다는 생각에서, 그녀는 아래층에 내려가 찬찬히 살펴보기 위해 사진을 쥐고 일어섰다.

방에서 나오기 전에 그녀는 서늘함을 유지하기 위해 덧문 단속을 다시 했고, 손바닥으로 침대를 한 차례 툭 털었다. 그리고 모든 게 깔끔히 정돈되어 있는지 마지막으로 살피는 뜻에서 방 안을 한 번 휘 둘러보았다.

아래층에는 낮잠시간이 끝나 있었다. '카스타 디바'가 그 도입부의 뱃노래 가락을 전개하는 중이었고, 창문마다 덧문들이 하나하나 열리면서 집 안에 다시금 생기를 들이고 있었다. 매일 똑같은 시간에 듣는데도 하나 지겹지 않은지, 그녀는 흥얼흥얼 따라 부르기까지 했다. 바로 그때쯤이면 아이들 방에서 슬슬 칭얼대는 소리가 새어나오기 일쑤였다. 그 나이 땐 우는 것만으로도 뭘 원하는지 충분히 알릴 수가 있는 법.

아니나 다를까, 아이들은 할머니를 보자마자 난리법석 환호성을 터뜨리는 것이었는데…… 발갛게 달아오른 앙증맞은 얼굴들, 팔에 안긴 채 두 마리 짐승처럼 바르르 떠는 녀석들 때문에 정신이 없다보니 그녀는 어느새 사진에 대해선 까마득히 잊고 있었다. 잠시 후 그녀는 천천히 아이들을 도로 내려주었다. 이렇듯 두 아이를 돌보는 데 따른 흡족함과 일말의 짜증스러움에 다시 휩싸이면서, 할머니로서의 일상에 온전히 합류하는 것이야말로 그녀에겐 순전한 행복일 따름이었다. 남편 역시 너무 긴 시간만 아니라면 세상 할아버지 노릇해주는 것을 색다른 즐거움으로 여겼다.

이제는 팔을 휘둘러 때린다고도 볼 수 없었다. 더이상은 힘으로 하는 것도 아니며, 글자 그대로 홧김에 휘두른다고나 할까…… 모든 것이 거북스러울 따름이었다. 중천에 떠오른 저 태양, 자꾸 눈으로 파고드는 땀방울, 또다시 별 시답지 않은 놀이를 하고 앉았구나 하는 울화통 치미는 기분, 매번 그 속에서 질척거릴 뿐 항상 안 좋게 끝날 곤란한 놀이를 또 하고 있다는 황당한 느낌 말이다.

실제로 게임은 더도 말고 그런 정도였다. 앙드레 피에르는 이쪽을 향해 미친 듯이 날아드는 험악한 공들을 망연자실 바라보고 있었다. 아주 노골적으로 날아와 힘껏 자기를 맞히는 공들은 제쳐두고, 그중 안으로 떨어지는 일부 공들이나 바깥으로 날아가는 대부분의 공들 모두 꼴이 말이 아니었는데…… 보리스는 매번 공이 날아가는 지점엔 별로 신경을 쓰지 않는 듯 무조건 세게, 지나치리만큼 강하게 쳐내는 것으로 랠리를 끊어버리곤 했다. 앙드레 피에르의 눈에는, 그런 식으로 쳐내는 상대의 공들이 마치 아랫사람을 나무라는 처사처럼 사방 군데 몸을 겨냥해 날아오는 듯 보였고, 한밤중에 걸려와 받아보면 툭툭 끊어버리는 전화처럼 어떤 악의를 갖고 내치는 것으로 여겨졌다.

아무래도 상대가 햇빛 때문에 방해받고 있다 생각한 앙드레 피에르는 진영을 바꿔보자고 제안했다.

"⋯⋯그래봤자 마찬가지일 걸요."

퉁명스레 대꾸하더니, 보리스는 이쪽의 집중력이 살짝 이완된 미세한 틈을 타 최대한 강한 공, 그야말로 서비스라고 보기엔 무리가 있는 총알 같은 공을 날려보내는 것이었다⋯⋯

그러고는 여전히 게임 시작 순간의 그 끔찍한 눈짓, 준비됐냐고 물을 때의 악의에 찬 그 표정⋯⋯ 어쩌면 강한 서비스를 넣을 때 흔히들 '으쌰' 혹은 '죽었어' 하고 내지르는 외마디 소리에 두서너 욕지거리쯤 섞여 있을지도 몰랐다. 더 가관인 것은, 공이 터무니없이 라인을 벗어날 때조차 뭐라 변명이라도 하든지 아니면 아예 아무 말 하지 않거나 애석한 척이라도 하기는커녕, 격에 맞지 않게 새삼 친한 척, 마치 손아랫사람에게 하듯 이런 충고를 내뱉는 것이었다. "저런, 좀 뛰었어야지⋯⋯ 거 좀 빨리 빨리 움직이지 않고서…… 그 정도는 잡을 수 있는 건데……"

이거 미친놈 아닌가! 앙드레 피에르는 점점 그런 확신이 커지는 가운데 속으로 중얼거리고 있었다, '이놈 완전히 맛이 간 놈이야……' 아울러 그는 모든 공들에 대해 집중력을 놓치지 않으려고 전력을 다했다. 결국 그렇게 함으로써 상대를 당혹스럽게 하려는 뜻이었다.

심술을 부리든 울화통을 터뜨리든 상대의 간에 기별도 가지 않을 것이 뻔하고, 어떤 대꾸를 해도 저런 껄렁대는 태도에 타격이 될 수 없음을 느낀 앙드레 피에르는 뭐라 반응을 보여 장단을 맞추거나 스스로 기분 나빠하기보다는, 차라리 비굴하게 외면하기를 택했다. 비굴하게 모른 척하는 것이야말로, 자존심이 다치지 않고 기댈 마지막 보루인 셈이며, 용감한 것만큼이나 확실히 최악의 상황에서 빠져나오는 방법이니 말이다. 한편 여자들은 소나무숲 속을 거닐고 있었다. 필경 저 작자가 건넸을 게 뻔한 수상쩍은 궐련을 서로 나누어 피우는 모습을 앙드레 피에르는 멀찌감치 무기력하게 바라보고 있었다. 그러면서 속으로는 제발 이쪽으로 돌아와달라며 빌고 있었다. 여자들이 구경을 그만둔 후부터 저 작자가 더욱 거침없이 행동하면서, 증인이 없는 틈을 타 온갖 망동을 보란 듯 부려대고 있으니…… 순간, 보리스의 벼락같은 서비스가 또 느닷없이 날아들었다. 하지만 이 피트 가량이나 라인을 벗어난 공. 그럼에도 불구하고 그는 조금도 거리낌 없이 점수를 계산하는 것이었는데……

"……조심, 그러다 따라잡히겠어…… 포티-피프틴!"

이 친구 정말 미쳤다! 더이상 의심할 필요도 없었다. 누구든 함께 테니스를 쳐보기만 해도 알리라…… 정말로 환자다. 그리고 분명히 말하건대, 그냥 어쩌다가 이곳에 와 있는 것이 아니다. 테니스에 지고 여자들 몸이나 달아오르게 만들려고 예 와 있는 게 아닌 것이다. 저 한껏 조준한 듯한 시선, 악감정에 사무친 듯 예리하기 그지없는 저 눈빛에 얼얼할 지경이 된 앙드레 피에르는, 어쩌면 저 작자가 다름 아닌 자신을 노리고 이곳에 와 있는 것인지도 모른다는 생각이 들었다. 전혀 싹싹하지도 않고 방해만 될 뿐인 이 매형 말고는 그 어느 것도 염두에 두지 않고 있다는 것, 그래서 이처럼 속으로 움츠러들게 하고 불안하게 만듦으로써 손쉽게 무력화시키려 한다는 생각 말이다……

땀이 철철 흐르는 게 느껴졌다. 어느새 정신을 차려 보니 계속 실점을 하고 있는 쪽은 앙드레 피에르였다. 그는 더이상 게임을 하고 있지 않았으며, 끔찍한 생각에 거의 마비가 되다시피 해서, 마치 신발창이 발바닥을 붙드는 것처럼 뛰는 것도 그리 힘겨울 수가 없었다. 팔 휘두르는 동작도, 방향을 바꾸는 몸놀림도 너무 무겁기민 했다. 지난 수년간 이놈의 테타니* 전조증상을 제대로 느낀 적이 한 번도 없었다. 그런데 지금은 아주 쉬운 공도 어이없게 놓치고, 라켓은 두루뭉술, 네트는 왜 또 그리 높은지, 상대를 대하는 이 어벙하고 혼란스런 자세하며, 뭐가 딱히 무서워서라기보다는 전반적으로 공황 상태라 할 만한 꼴이라니…… 이번만큼은 더 이상 불안이나 막연한 의심이 아니었다. 이건 분명한 확신이었다. 단순히 추측만 가지고 고민하는 것이 아니라, 이미 머릿속은 상황을 빠져나갈 방법에 몰두하고 있었다. 그나저나 무얼 기다리고 있는 걸까? 어디서부터 어떻게 손을 대야 하는가 말이다. 그냥 이대로 녀석의 일거수일투족을 감시하고, 절대로 혼자 떨어져 있게 내버려두지를 말아야 할까? 아니지, 장인어른에게 고하는 건 어떤가? 나약한 겁쟁이라는 소릴 들을 각오를 하고서라도 말이다. 그것도 아니면 아예 경찰에 넘겨버려? 하지만 무슨 근거로? 테니스 치면서 말도 안 되게 우긴다거나 노골적으로 도발하는 것 말고 달리 비난할 거리라도 있는가 말이다…… 아니, 차라리 먼저 선수를 치자. 면전으로 뚜벅뚜벅 다가가 원하는 게 대체 뭐냐고 물어보는 거다. 그로써 녀석을 사라지게 만드는 데 필요한 만큼을 고스란히 내어줄지언정…… 의심할 여지 없이, 저 녀석은 이쪽에서 최대한 내놓아야 만족할 타입이다. 만약 필립의 위임을

---

* 혈액 속의 칼슘 저하로 말초신경과 신경-근 접합부의 흥분성이 높아져 가벼운 자극으로도 근육이 수축, 경련을 일으키는 상태.

받은 몸이라면 자기 멋대로 값을 올려치지는 못할 테고 말이다. 그렇다, 결국 그 일만큼은 손수 나서서 처리해야 한다. 마치 무기를 겨누듯 면전에 저렇게 버티고 서 있는 사내를 멀찌감치 따돌리는 일.

여태껏 이런 일에 직면하게 될 줄은 꿈에도 생각지 못했다. 이와 같은 상황에 봉착하리라고는 결코 생각해본 적이 없는 것이다. 무슨 수를 쓰더라도 쫓아내 없애버려야겠다는 생각이 들 정도로 눈꼴사나운 기질에다 께름칙한 행동거지하며 해괴망측하기 그지없는 존재와 맞닥뜨리다니…… 그는 자기 마음속에서 이와 같은 얘기를 조심스레 속삭여주는 한 작은 목소리를 좇고 있었다. 마치 아이를 달래듯, 지금 유일하게 위안을 줄 수 있는 그 작은 목소리를.

온갖 난폭한 공들엔 물론 내심 불안함으로 시달릴 대로 시달려온 앙드레 피에르가 발작을 일으킨 건, 문득 평범하게 날아든 서비스를 받아치려는 순간이었다. 그는 글자 그대로 핑그르르 돌듯 그 자리에 곤두박질쳤는데…… 손에 쥐고 있던 라켓이 별안간 저 혼자 원을 그리면서, 그에 따라 몸도 딸려가듯 우스꽝스럽게 나선회전을 하는가 싶더니, 그만 큼직한 자루처럼 털썩 쓰러지는 것이었다.

순간 네트를 훌쩍 넘어 보리스가 어찌나 부리나케 달려오는지, 누가 보면 무척이나 안타까워하는 것처럼 비칠 정도였다. 그 모습을 보고 무슨 일이 벌어졌음을 직감한 여자들도 헐레벌떡 달려왔다. 벌써 보리스는 앙드레 피에르의 머리를 붙들고 어디가 불편한지를 묻고 있었다. 그렇게 고개를 받쳐주기 전에 쓰러진 사람의 혀가 입 안으로 말려들어가지 않게끔 조치를 빠뜨리지 않은 것은 물론이었다. 여자들은 남자의 반소매 옷을 벗기고 몸에 조이는 부분을 모두 푼 다음, 수건으로 얼굴을 닦았다.

결국 그는 보리스의 품에 안긴 채 정신이 들었는데, 그와 동시에 움찔 몸을 빼려 했으나 테타니로 인한 마비증세 때문에 꼼짝도 할 수가 없었다.

"그것 보라구, 그나마 햇빛을 마주하고 게임한 게 나였으니 망정이지…… 자리를 바꾸자고 하길 정말 잘했지. 일사병이라는 거 내가 좀 알거든……"

여자들은 집에 가서 시원한 물 한 병과 아스피린, 무엇보다 얼음을 좀 가져와야겠다고 말했다. 그러자 다짜고짜 매달리는 앙드레 피에르…… 무엇보다 여자들이 자리를 뜨고 나면 이 사내와 단둘이 남아야 하는 게 싫었던 것이다. 하지만 입을 뗄 힘조차 내기 힘든 상황이었다.

보리스는 여전히 그를 지탱하고 있었다. 솔직히 이처럼 보살피는 역할이 편한 건 아니었지만, 가능한 한 움직이지 않고 예전에 볼 수 없었던 세심한 태도를 유지하고 있었다. 심지어 손으로 이마를 쓰다듬어주면서 그윽한 음성으로 이렇게 속삭이기까지 하는 것이었다. "이제 곧 괜찮아질 거야, 너무 걱정 말라구……"

그런가 하면 할말을 찾지 못해 애를 쓰는 앙드레 피에르, 제발 그만 나를 내버려두기나 하라고 말할 기운이라도 있었으면 하는 앙드레 피에르, 그러나 연신 속으로만 더듬댈 뿐인 앙드레 피에르, 더는 기력을 쓸 수 없는 어린아이처럼, 이제 그 누구도 자기 말을 듣지 못하리라는 걸 이미 알고 있는 어린아이처럼, 앙드레 피에르는 쿵쿵 울리는 가슴속 박동 소리에 맞춰 처절하고도 집요하게 웅얼거리고 있었는데…… 도대체 이놈은 왜 내게 반말을 하는 거지, 누가 반말하라고 했어……

소위 가진 자들의 가장 꼴 같지 않은 모습이란 툭하면 무엇이든 하찮게 치부하고 만다는 점, 이따금 제대로 파악도 못 하고 있을 정도로 자기들이 소유한 모든 것을 대수롭지 않게 여기는 태도라 하겠다. 이를테면 거실마다 우두커니 놓여만 있는 피아노들, 먼지 속에 처박혀 있는 유명 화가들의 그림들, 지붕 밑 다락방의 온갖 보물들, 그 밖에도 가지각색의 희귀 소장품들…… 보리스는 이런 소홀함에 대해 그러지 않아도 좀 심한 게 아닌가 하는 생각을 품고 있었다.

배를 보관하는 선고(船庫)도 그랬다. 암반을 파고 설치되어 있는 선고의 녹슨 철문을 열자, 배 위의 온갖 잡다한 시설과 장비들, 낡고 찢어진 돛들이 아무렇게나 방치된 채 흉한 몰골을 드러내고 있었다. 영감은 보리스에게 1970년대 형 리바 아쿠아라마(Riva Aquarama)를 굳이 보여주고 싶어했다. 심지어 그는 보리스가 그 보트를 운전해봐야 한다며 고집을 부렸는데, 지난 이 년 동안 단 한 차례도 물에 띄워본 적이 없지만 그저 점화플러그에 낀 먼지나 떨어내고 시동장치 툭툭 건드리고 나면 즉시 가동시킬 수 있을 거라며 호언장담하는 것이었다.

영감은 보리스가 배를 물에 띄울 수 있도록 코치해주었다. 별로 복잡한 일은 아니었지만, 그래도 윈치*를 힘껏 다룰 줄 알아야 했고 무엇보다 선체의 방향을 제대로 잡는 데 힘을 써야만 했다. 그는 보리스가 일하는 모습을 자신의 활기찼던 왕년 모습에 오버랩시키면서 흐뭇하게 바라보았다. 사내의 다소곳한 태도와 시키는 대로 어김없이 따르는 자세가 그렇게 만족스러울 수 없었으며, 친자식한테선 느껴보지 못한 동반자적 희열까지 가슴에 와닿는 것이었는데…… 글쎄, 어쩌면 이 청년이 드디어 자기 할 바를 깨닫고, 호의로 대해준 데 대한 책임감을 느끼기 시작한 건지도 몰랐다. 그래서 찌든 기름때를 손에 묻히고 이따위 마호가니 목재 고물이나 끄집어내야 한다는 것이 무척이나 짜증나는 일임에

---

* '권양기'라고 한다. 원통형 드럼에 와이어 로프를 감아 도르래를 이용해 물건을 들어올리거나 끌어당기는 기계. 광산, 선박 등에 이용된다.

도 불구하고, 어쨌든 협조적으로 보이기 위해 갖은 애를 쓰는 건지도…… 일단 점화플러그와 배전기를 손보았지만 보트는 전혀 움직일 생각을 하지 않았다. 한데 시동 열쇠가 배의 열쇠걸이판에 버젓이 걸려 있는 것을 보고 보리스는 정말이지 어이가 없었다. 결국 도둑맞든 말든 집안 식구 중 누구 하나 신경조차 쓰지 않은 채 배가 이곳에 방치되어 있었다는 얘기 아닌가……

"이것 보시오, 난 이따위 일로 당신을 귀찮게 하고 싶진 않아요…… 뭐 별것도 아니니 그냥 놔두는 게 나을 것 같아……"

보리스의 집요하면서 악착같은 태도에 다소 질렸는지 영감이 조심스레 타일렀다.

"……난 그저 이놈이 아직도 건재한지를 한번 볼 생각이었어. 그러니 시간 더이상 낭비하지 말라구요. 무엇보다 당신 몸이 더러워지잖아. 정 뭣하면 나중에 공장 수리공더러 한번 봐달라고 하지 뭐."

"두고 보십시오, 조금만 기다려봐요. 이제 곧 잘될 테니까……"

영감의 얼굴은 더할 나위 없이 환해졌다. 이 정도로 끈질기게 매달린다는 게 그로서는 어리둥절할 따름이었다. 그도 그럴 것이, 영감은 리바를 정말 사용할 생각이 아니었다. 순간적으로야 그거 괜찮겠다는 유혹이 아주 없었던 건 아니지만, 진짜로 그것을 타고 운전까지 하는 자신의 모습을 구체적으로 떠올려본 일이 없었다.

"그야 그렇겠지…… 한데 배 운전 면허증은 가지고 있는 거요?"

보리스는 거짓말로 그렇다고 대답했다. 어쨌든 모터가 밖에 달린 소형보트 정도는 운전해본 경험이 있었으니까. 물론 그것 역시 모두 다른 사람의 보트였는데, 그때의 희열에 찬 기분이란 배주인이 된 것과도 비교할 수 없을 만큼 대단했었다.

여러 차례 시동을 걸려고 애썼지만 매번 소용이 없자, 보리스는 아무 말 없이 영감 곁에 털썩 주저앉았다. 둘 다 다소 낙심한 분위기였다. 그때부터 둘은 여기저기 헐었지만 그래도 제법 세련된 녹색을 띠고 있는 긴 가죽의자와, 낡았지만 여전히 보기 좋으면서 그런대로 광택도 가시지 않은 크롬과 구리 재질의 선체를 우두커니 바라볼 뿐이었다…… 비록 관리 상태는 엉망이고 8기통 엔진의 요란한 굉음은 기대할 수 없지만, 모터보트는 그 자체로 소중한 재산인 양 버티고 있었다. 본래의 때깔을 무색하게 하는 온갖 흠집과 얼룩에도 불구하고 혼자 물에 떠서 가볍게 흔들리고 있는 저 모습, 흡사 누군가 자신을 유심히 바라보고 있다는 걸 잘 아는 듯, 일부러 그 눈길을 유혹하기라도 하는 듯 근사하기만 한데…… 문득 보리스는 자신이 가져보지 못한 추억의 몇몇 이미지들을 머릿속에 그려보았다. 이 사람들이 저 배를 타며 신나게 보냈을 바캉스, 영감은 지금보다 삼십 년은 더 젊었을 것이고 하얀 양말을 신은 딸자식들하며, 생각날 때마다 주변 섬들로 피크닉이다 수상스키다 얼마나 즐거웠을꼬…… 그리고 그 한복판에 필립이 있다. 너무 오냐 오냐 하며 키운 탓에 벌써부터 꼴불견이 되고만 애새끼, 너무 손쉽게 자라느라 자기 몫의 고생을 일찌감치 벗어버린 녀석, 그러다 결국에는 자기가 그리 잘난 인간이 못 된다는 걸 깨달아야 했을 테고, 급기야 초라한 몰골로 전락해버리고만 인간…… 이처럼 엉망이 된 배를 바라보는 것 자체가 거의 앙갚음인 셈이었다. 그와는 전혀 다른 환경 속에서 보낸 자신의 여름들, 권태를 희석시키느라 소비한 삶의 기간, 그 바캉스의 기억들까지도 말끔히 씻어내버리게끔 해주는 것이었으니…… 요 앙증맞은 보물을 운전해보는 것만으로도 충분히 수리할 가치는 있을 터.

"내 분명히 말하지만 말이오, 그쪽이 든든한 청년이라는 거 나도 잘 압니다. 그렇지만 오늘 아침 헌병을 오라고 한 것 또한 나였소…… 오늘 아침 발견된 사체 말이외다. 그게 바로 '라 퀴스 데 담'을 통해 걸어서 섬에 도달하려고 한 어떤 사내라는 거 아니겠소. 그게 소위 이쪽 지리에 도가 튼 사람들만 안다는 통로인데다…… 간조를 틈타서 말이오. 말하자면 공교롭게도 그때가 난

혹시……"

순간 단호한 동작으로 노인의 허벅지에 손을 얹으며 보리스가
말했다.

"자자…… 아시다시피 그 친구는 아주 훌륭한 수영선수입니
다."

"글쎄요, 하지만 워낙에 한밤중이라…… 저녁 여덟시에는 배
가 끊기니 다른 도리가 없을 테지…… 당신도 알겠지만, 간밤에
는 아무리 젊은이라도……"

"하지만 근처에 왔다면 전화부터 했을 겁니다……"

"필립은 형식 같은 것에 구애받는 녀석이 아니라서……"

"최소한 어부라든가 보트를 타러 나온 사람이라도 발견할 수
있었을 거예요……"

"그렇지, 아무렴…… 나도 언뜻 생각이 스쳐서 그냥 한번 해본
소리요, 당신만 들은 걸로 합시다."

보리스는 기름때를 닦아내려고 두 손을 쓱쓱 문지른 다음, 바
지주머니를 열심히 뒤지기 시작했다. 영감은 어쩐지 그가 입은
흰색 옷차림이 전날보다 덜 산뜻하고, 덜 깨끗하게 느껴졌다. 리
바의 보관장소가 장소인 만큼 그 흰 빛깔도 엄청 훼손될 수밖에
없겠거니와, 아예 무릎을 꿇은 채 모터를 만시작댔으니……

모터는 단연코 고장난 게 분명했다. 영감은 거기서 자신의 시든 활력을 보고 있었다. 아주 조금씩 조금씩 배한테로 다가가, 그 밑바닥, 납작 주저앉은 소형 모터보트 바닥을 지탱한 채 기우뚱거릴 뿐인 결핍된 욕망을 말이다……

딱 달라붙는 스타일의 바지를 입은 터라 보리스는 호주머니에 손을 집어넣으려고 애를 써야만 했다. 마침내 잔뜩 오그라든 담뱃갑을 꺼낸 그는 생각에 잠긴 표정으로 한 개비를 입술 사이에 끼워넣었다. 영감은 젊은이가 건넨 담배를, 끊은 지 이십 년이 됐다며 거절했다. 한데 성냥 긋는 소리를 듣자마자 별안간 펄쩍 뛰는 것이었다. 영감은 보리스의 손가락 사이에 들린 성냥불을 훅 하고 불어 끄는 동시에, 그때까지 둘 다 까마득히 잊고 있던 휘발유 가득한 주위의 양철통들을 황급히 가리켰다. 순간, 두 사람 다 모처럼 한바탕 웃음을 터뜨리는 것이었는데, 그로써 일거에 속이 후련해지기라도 하듯……

거실의 어둠 속에 창백한 몰골로 축 늘어진 채, 앙드레 피에르는 아직 채 가시지 않은 증세로부터 조금씩 회복해가고 있었다. 남자라면 누구나 공개하고 싶지 않을 테타니라는 병을 언제까지나 달고 살아야 한다는 걸 그는 잘 알고 있었다. 지난 십오 년 가까이, 그러니까 학업을 다 마칠 무렵 이후로는 발작이 일어난 적이 없었지만, 그전까지만 해도 스스로 자신을 지켜야 하는 순간이면 어김없이 존재의 중심을 뒤흔들어 근육을 마비시킴으로써 결국 거꾸러지게 만드는 발작 때문에, 그는 너무나도 허약한 자신을 감당해야만 했다. 그러다 급기야는 자신의 최대 적이 바로 자기 내부에 도사리고 있다는 생각까지 하게 되었고, 어쩜 다른 적은 있지도 않다고 믿게끔 되었다.

오로지 장모만이 진짜 그를 돌보는 것처럼 돌보고 있었다. 그의 곁을 지키며 간호사 노릇을 하는 것도 그녀였고, 아스피린을 제때 챙겨주는 것도 그녀였으며, 얼음주머니로 이마를 훔쳐주는 것도 그녀였다. 그럼에도 그녀의 태도에 별로 유별나다 싶은 점은 보이지 않았다. 그만큼 이번 일은 다른 가족들한테 그다지 큰 충격이 아닌 모양이었다. 밖에 햇살이 화창해지고 계단 아래로 다시금 풀장 물결이 넘실거리며, 멀지 않은 곳에서 바다가 반짝이는 지금의 집안 분위기는 그가 당한 일로 인해 조금도 훼손되지 않은 상태였다…… 그는 아내가 해수욕할 생각에만 잔뜩 사로잡혀 있다는 걸 느끼고 있었다. 때문에 장모한테 매달리다시피 하면서, 제발 곁에 있어달라고, 너무 멀리 가지는 말아달라고 떼를 쓰는 것이었다. 요컨대 누가 몸이 안 좋다는 것을 알았을 때 감수성 예민한 사람이 으레 내보이는 정 깊은 마음씨를 십분 이용하는 셈이었다.

결국 거의 반사적일 정도로 남을 돌보는 성향으로부터 결코 자유롭지 못한 장모만이 지극히 정성스럽고 고분고분한 자세로 그곳을 지키게 된 것이다.

"……그놈이 얼마나 이상한 놈인지 모르시겠어요, 녀석이 바네사 주변을 어슬렁대는 폼이 어떤지 모르시냔 말입니다……"

"알았네 알았어, 지금 자넨 공연한 질투를 하는 걸세…… 그애가 이 사실을 안다면 아마 기분 좋아할 거야……"

"……농담 아니에요. 그나저나 필립이 아직 도착하지 않았는데 아무렇지도 않으신가보죠? 하긴 아예 안 오는 건지도 모르죠, 저 친구한테 자기 일을 대신 맡기고 어딘가 숨어 지내는지도요, 그것도 아니면……"

"이보게 피에르, 도대체 무슨 얘길 하는 건가……?"

"혹시 필립한테 무슨 일이 생긴지도……"

"생각 좀 해보게! 필립을 잘 알지 않은가…… 작년 일 생각 안 나는가? 그앤 칠월 십사일이 되어서야 모습을 나타냈지. 그러고는 단 몇 시간 만에 모든 걸 처리해버렸어. 바로 그날 밤에는 멋진 꽃불을 쏴올렸고 말일세…… 그러니 너무 염려 말게나, 아무리 늦어도 내일 아침이면 이곳에 와 있을 거야…… 자네도 알겠지만 그애 원래는 진중한 아이라네. 결국 필요할 땐 어김없이 제자리를 지킨다니까. 중요한 건 바로 그 점 아니겠나?"

그때였다. 앙드레 피에르가 어렵사리 몸을 일으키려고 하는데, 별안간 바깥에서 무슨 폭발음 같은 것이 들렸다. 내연기관에서 불꽃이 점화하는 소리에 뒤이어 윙윙거리는 요란한 소음이 주변을 울리며 들려오는데…… 분명 리바의 잔뜩 달아오른 8기통 엔진이 부르릉부르릉 씩씩대며 대기(大氣)를 뒤흔드는 소리였다.

그 소리는 마치 연안 전체로 퍼져나가는 것만 같았고, 주변을 온통 호령하는 듯 느껴졌다. 그나저나 어느 정신 나간 녀석이 저리도 무지막지하게 가속페달을 밟고 엔진을 혹사시키는 것인지……

기어코 저 녀석이 사람 엿먹이길 그치지 않을 태세다. 앙드레 피에르는 쓰러지듯 다시 소파에 파묻혔다. 지극히 낯선 처지임에도 불구하고 저 보리스라는 작자가 불과 마흔여덟 시간 만에 자신의 존재를 이곳에 완전 각인시켰다는 것은 이제 부인할 수 없는 사실로 느껴졌다. 지난 마흔여덟 시간 동안 그는 이 집을 마치 제 집인 양 뒹굴면서 이 사람 저 사람 매료시키고 정신 못 차리게 만들어왔다. 반면 십여 년 이상이나 뻔질나게 드나들면서도 앙드레 피에르 자신은 여전히 이곳이 왠지 편치가 않았고, 뭔가 자신만 어긋나 있다는 느낌을 떨칠 수가 없었다. 이 식구 중 그 누구의 관심과도 보조를 맞추지 못했고, 심지어 아내와 자식들과도 공감대를 이루지 못해왔다. 정말이지 가장 불쾌한 것은 저 인간이 너무도 쉽게 모든 이의 환심을 사버렸다는 점이었다. 그게 한밤중 산책을 통해서든, 배를 성공적으로 수리해서든, 살갗을 보기 좋게 그을려서든, 두 발을 맵시 있게 모은 채 풀장으로 멋들어지게 다이빙을 해서든, 놈은 아주 이상적인 녀석임은 물론이거니와, 결국엔 연인이든 심지어 사위까지도 되지 말란 법이 없는 것이다.

어슴푸레한 그늘 속에 틀어박힌 채 그는 어느 때보다도 처량해진 자신의 처지를 절감했다. 왠지 주변과 어울리지 못하는 느낌이었고, 테타니 때문이든 다른 무엇 때문이든, 지금의 상황을 그대로 감수할 수밖에 없었다. 저 보리스라는 작자는 본래의 자격 이상으로 지금 제 입지를 확실히 굳히고 있다. 그에 관해 떠오르는 이미지는, 남의 영역을 침범해 들어오는 야수의 바로 그것이었다. 한 무리의 사냥개를 제압한 다음 암컷들을 자기 주위로 불러모으고는, 공격해야 할 사냥감을 새로이 설정하는 것만이 유일한 노림인 야수…… 어쩌면 지금쯤 여자들은 녀석의 행동을 뚫어져라 구경하고 있을지도 모른다. 어쩌면 녀석이 상체를 홀딱 벗어부친 채 운전대를 잡고 있는 모터보트에 동승해 있는지도, 자기 것도 아니면서 이백 마력의 엔진을 좌지우지하는 녀석과 함께 말이다……

"……근데 저 배는 이 년 동안 전혀 손댄 일이 없어요. 저놈 완전히 제정신이 아닙니다. 가서 어떻게 얘기 좀 해보세요, 제기랄……"

장모는 사위가 이런 식으로까지 길길이 날뛰는 게 다소 실망스러웠다. 그만큼 보다 침착한 그의 모습에 익숙해왔던 터였다. 그의 좋은 매너와 경거망동하지 않는 태도 때문에 그나마 거리감이 조금 느껴져도 용서가 되었던 것이다. 분명 그는 따뜻한 성격은 못 되었지만, 그 대신 항상 믿을 만했고 사람을 안심시키는 타입이었다. 사위가 이렇게까지 불안해하고 화를 참지 못하면서, 거의 울먹일 정도가 되는 모습은 상상조차 해보지 못한 일이었다.

그녀는 사내의 손을 잡아주면서 대체 무엇이 문제냐고 진지하게 물었다. 심지어 일종의 동정심마저 느끼는 가운데, 한번쯤 마음을 열고 속내를 털어놔보라며 설득했다.

"모르겠습니다. 아직은 예감에 불과하지만, 저 녀석은 어딘지 수상쩍은 데가 느껴져요. 다른 건 몰라도 저자가 뷔장발에 한 발짝도 들여놔보지 못했다는 점만은 확신합니다."

두 자매가 얼굴 가득 환한 웃음을 띤 채 깡충거리며 계단을 구르듯 내려왔다. 둘 다 파스텔 톤의 푸른 수영복 차림에, 갈색으로 그을린 맨다리를 늘씬하게 드러내고 있었다. 매일같이 그들은 오후 막바지 시간대를 기다렸다가 저렇게 해변으로 뛰쳐나가는 것이었다. 앙드레 피에르는 여자들이 아이들을 동반하지 않고 있는 것에 깜짝 놀랐다. 이에 대해 두 자매는 지극히 아무렇지도 않게 대답했는데, 그 태도가 마리화나를 한 차례 피운 다음 으레 휩싸이고 마는 무사태평함 그 자체였다.

"애들은 배 타고 한바퀴 돌러 나갔어요……"

설상가상으로 그는 장인어른이 배에 동승하지 않았다는 사실과 더불어, 두 아이가 다름 아닌 정신 나간 놈, 완전히 마약에 취해 맞이 간 녀석의 손에 맡겨졌다는 사실까지 알게 되었다. 그놈은 지금쯤 암초로 뒤덮인 바다를 30노트로 질주하는 중일지도 모르며, 만에 하나 처남을 없애기 전에 먼저 꼬마들부터 납치하려는 계획을 가지고 있는지도 모를 일이었다…… 불현듯 자리에서 벌떡 일어설 힘이 온몸을 훑으며 솟구쳤다.

유리처럼 영롱한 바다를 가로질러 햇살의 반영으로 반짝거리는 수 제곱킬로미터의 내포(內浦)가 한눈에 들어오는 가운데, 사방에서 물살을 가르며 수많은 소형보트들이 오가고 있었다. 기세 좋게 머리를 치켜들고 달리는 모터보트들, 부드럽게 미끄러지는 돛단배, 그런가 하면 한가로이 정박지에 머무는 배들하며, 이곳에서 바라볼 땐 모두가 깨알만 하면서 거의 똑같아 보였다. 태양은 소금 알갱이들로 서서히 따끔거리는 것 같은 수면이 마치 거울이기라도 하듯, 그 모든 광택의 파노라마 위로 나지막이 내려앉고 있었다.

한참이나 호들갑을 떤 나머지 앙드레 피에르는 마침내 위기감을 나누는 데 성공했다. 그나마 핑계는 아이들이 구명조끼를 착용하지 않았다는 것이었다. 그는 여자들한테 조금이라도 더 죄책감을 불어넣기 위해, 그들이 쓸데없는 걸 피워대느라 정확한 상황 판단을 못 했다며 은근히 눈치를 주었다. 뿐만 아니라 충격을 더 가중시키는 뜻에서, 처량하게 걸려 있는 두 벌의 구명조끼를 이것 보라는 듯 내보였다. 주인을 놓친 그 초라한 옷가지들이 왠지 더 비장하게 보이는 것이 사실이었다.

불안이란 병 속 우유를 휘젓는 레몬 한 방울 같은 것. 단순한 예감 하나만으로도 여름이 통째로 뒤집어진다. 유쾌하기만 하던 바깥의 함성이 한순간 날카로운 비명처럼 들리고, 바다는 너무 깊게 느껴지는가 하면, 태양도 더이상 제 위치에 있는 것 같지가 않아지는데…… 바네사는 남편의 유난떠는 태도가 사뭇 못마땅했다. 사람 흥을 깨는 데엔 명수인 사람과 함께 사는 것이 지겨운 나머지 버럭 울화통이 폭발할 듯하면서도, 다른 한편으론 일말의 죄책감에 마음 편할 수가 없었다. 동생과 함께 그토록 오랜 시간 고르고 고른 이 가벼운 옷차림 자체도 문제이지만, 반 시간이나 이렇게 저렇게 옷맵시를 살펴가면서 과연 누구 눈을 즐겁게 해줄 생각을 품었던 것인지……

그들은 정원 끝까지 나아가, 파노라마로 펼쳐진 360도 전망 전체를 오로지 리바를 찾아 눈에 불을 켜고 둘러보았다. 하지만, 멀리 보려고 해봐야 그들이 가진 수단이라곤 아이들용 분홍 플라스틱 쌍안경이 고작이었다. 앙드레 피에르는 처참한 심정으로 그

허술하기 짝이 없는 장난감을 덥석 집어들었다. 쌍안경은 이 손에서 저 손으로 별다른 기대감 없이 옮겨갔고, 역시 아무것도 보여주지 못했다.

*

　장모는 소파 발치에 이리저리 늘어놓았던 자잘한 의료용품들을 정리하면서 곰곰이 생각에 잠겨 있었다. 무엇보다 걱정이 되는 건 앙드레 피에르였다. 결국은 생각했던 것 이상으로 나약하고 상처받기 쉬운 사람임을 알게 되었을 뿐이다. 그처럼 냉정하지 못하고 그처럼 허약해빠진 인간이라면, 고작 낯선 외부인 하나 때문에 저리도 허둥대는 사람이었다면, 지금까지 사업체는 물론 가족의 기둥이라 생각해온 그의 이미지를 총체적으로 회의해보지 않을 수가 없는 것이다. 사위에 대한 기대가 그 아내나 자식들은 물론이거니와 필립과 장모인 자신까지 보호하고 돌보는 것에 미쳤던 만큼, 이번에 새로 발견한 면모는 여간 문젯거리가 아니었다. 저 보리스라는 젊은이를 의심하는 것, 즉 필립의 친구를 수상쩍게 바라보는 것은 그녀 자신의 자식을 의심하고 수상쩍게 바라보는 것과 마찬가지였다.

　문득 그녀는 손에 들고 있던 것들을 내려놓고 안경은 거실 가구 위에 놔둔 채, 부리나케 계단을 올라갔다. 아이들의 방 문은 활짝 열려 있었다. 바닥에 아까는 없었던 색색가지 천 조각들이 어지러이 널려 있었다. 그 한가운데 성가대 사진이 떨어져 있는데, 온통 기름때가 묻어 있고 지저분한 낙서천지가 되어 있는 것이었다. 그 잘난 얼굴들마다 보기 흉한 턱수염들이 그려져 있는데…… 근데 가만히 보니 턱에만 수염이 그려져 있는 게 아니었다. 볼에도 코에도, 아니 머리 전체가 검은 칠로 엉망진창이었다. 한마디로 몸통 위로는 형체만 알아볼 수 있을 뿐, 온통 시커멓게 끼적거린 자국이 얼굴 전체를 잡아먹고 있었다.

처음이었다. 이런 기분을 느낀 것, 이런 스피드를 경험한 적이 예전엔 결코 없었다. 선체의 급격한 움직임, 파도 위를 스치듯 날다가 둔탁한 소음과 함께 수면을 치는 이 기분은 정말이지 눈이 번쩍 뜨일 만한 체험이었다. 무엇보다 신기한 건, 수면 위로 미끄러지듯 날아가는 체공(滯空) 시간이 그토록 길 수 있다는 사실이었다. 이건 마치 납작한 자갈 대신 배를 가지고 물수제비를 뜬다고 봐도 무리가 없을 정도였다.

아버지가 항상 안 된다고만 하셨던 장터축제의 오락거리보다 더 멋지고 흥분되고, 회전목마 타고 신나게 노는 것보다 훨씬 더 재미있었다. 전혀 새로운 차원이 그들 앞에 활짝 펼쳐졌고, 완전 다른 수준의 흥분이 온몸을 휘감았다. 요란한 모터 소리는 이제

껏 느껴본 적 없는 전율로 전신을 뒤흔들면서 놀랄 만한 활력을 솟구치게 만들었다. 선체가 수면 위로 스치듯 날 때마다 어쩔 수 없는 비명 소리가 튀어나왔는데, 엄밀히 말해 그것은 비명인 동시에 웃음이기도 했고, 기겁해 터져나오는 웃음인지 환희에 겨워 튀어나오는 비명인지, 어쨌든 이대로 멈추고 싶지 않다는 것만큼은 분명했는데…… 이는 곧 나른한 오후시간을 고만고만한 잔물결 위에 고무 매트리스나 띄워놓고 개구쟁이처럼 장난질치던 것으로부터의 현격한 일탈을 의미했다. 즉, 수 킬로미터를 질주하는 내내 귓가를 사정없이 후려치는 거센 바람의 손맛이랄지, 그러면서도 연신 터져나오는 이 웃음소리, 무엇보다도 신나는 건 지금 제법 일을 저지르고 있다는 뿌듯한 확신……

자연의 원초적 힘을 알아본다는 것. 그것은 자연의 힘을 가늠하기 시작하는 순간부터, 그리고 자기 존재를 분출시켜 그 힘을 능가하는 순간부터 극단적인 감각들에 휘둘리고, 그로 인해 결국 자기 의지를 뛰어넘는 선까지 나아가는 것을 의미한다. 이는 단순한 이해의 차원을 넘어 하나의 탐욕에 가까운 현상이다. 그러다보면 그 모든 것에 대한 두려움은 온데간데없어지고, 두려움 자체가 흡사 왕성한 발효효소처럼 부글거려, 욕망을 자극하는 하나의 악취가 되고 만다. 보리스는 그와 같은 극단적 감각에의 취향을 가진 게 틀림없었다. 더 멀리 가고자 하는 욕구, 끝까지 자기 체험을 밀고 나가려는 욕망이 툭하면 고개를 쳐들었다. 그의 사정권에 포착되기만 하면 세상 모든 것이 병적인 욕구불만의 배출구가 되어버리는 것이었다. 그의 손아귀에 떨어지는 것은 언젠가는 반드시 그런 운명을 감내해야만 했으며, 결국 만족을 모르는 성향의 희생제물이 되고 말았다. 아니나 다를까, 불현듯 아이들 눈에 뭔가가 기우뚱하는 순간이 들이닥쳤다. 어느 한순간 이 거대한 짐승의 광기가 어린 두 꼬마의 한계를 저만큼 앞질러 갔다고나 할까…… 일단 웃음보부터 터져나오던 아이들의 얼굴에는 얼마 안 가 어리둥절한 표정이 떠올랐고, 쏜살같이 지나치는 수면 위를 꿀먹은 벙어리처럼 두리번거리는 꼴이 되었다. 그러고는 이내 눈물을 쏟아내다가, 더듬더듬 엄마를 부르면서 다짜고짜 울어대는 것이었다. 마치 마음속으로는 늘 엄마가 곁에 있기라도 하듯, 그렇게 엄마를 부르면 돌아가던 회전목마가 단박에 멈춰주기라도 하듯.

보리스는 더욱 격렬하게 질주하고 있었다. 주위에 떠 있는 돛단배들을 향해 거친 파도를 일으키고, 평범하게 지나다니는 다른 모터보트들을 아슬아슬 지나치면서, 신경질적으로 이는 물살 속으로 그 선체들을 요동치게 만들었다. 그렇게 함으로써 어린 시절 해변에서 가졌던 모든 추억을 말끔히 씻어내려는 것 같았다.

바닷가에 우두커니 선 채 멀리 배들을 바라보던 그 한 많은 순간들. 당시 부모님은 하루 한줌어치 시간이라도 그렇게 허비한다는 것이 그저 터무니없을 뿐, 전혀 기분 더럽다거나 하는 느낌을 가질 줄은 몰랐는데……

하지만 이번에는 그의 차례였다. 해변으로부터 탁 트인 바다를 가르는 장본인이 바로 그였고, 그에게서 지랄 같은 물보라가 튀어올라 모든 이들을 성가시게 만들고 있었다. 악의와 부러움이 한데 뒤섞인 채 바닷가에서부터 날아드는 시선은 다름 아닌 그에게로 와 꽂히고 있었다. 한 손으로 운전대를 컨트롤하면서, 그는 막가는 짓을 하는 동안 또 이렇게 마음 편한 적도 없었다.

마치 하나의 촛불을 불어 끄기 전 그 심지를 대하듯이, 그는 타인들에게 다가가 가볍게 툭 건드려보고픈 욕구를 가지고 있었다. 자신의 과거도 그렇지만, 그가 아직 마지막 남은 잉걸불을 불어 끄지 않는 것은, 다시금 불이 붙으리라는 것을, 그 불에 자기가 소진되리라는 걸 알기 때문이다.

닻을 내린 채 평화로이 떠 있는 요트 애호가의 선박들을 날렵하게 스쳐 지나가며 제멋대로 희롱하면 할수록, 돛을 두 개씩이나 갖추고 총 길이 삼십여 미터에 달하는 씩씩한 선박조차 이 분탕질에 여념 없는 괴물한테는 전혀 맥을 못 춘다는 사실이 증명되고 있었다. 엔진을 최대한 가동하고 놀랄 만큼 유연한 상아 핸들을 자유자재 부릴 용기만 있다면, 그야말로 무엇이든 저지르지 못할 게 없는 당찬 모터보트라고나 할까…… 이런 상황 속에서 아이들의 울부짖음이란 광란만 더욱 부채질할 뿐, 다른 시끌벅적한 소리에 뒤섞여 전혀 들리지도 않는다.

영감은 선고(船庫)에서 나와, 역시 암벽을 따라 파들어간 좁은 계단을 올랐다. 집에 도착하자 평소와는 다른 아내의 기색이 단번에 그의 눈에 부닥쳤다. 항상 무난히 지내고자 하는 마음만 가득했던 그 얼굴에 한 줄기 그림자가 걸쳐 있었다. 그녀는 영감이 어깨에 짊어지다시피 하고 있는 물건들, 즉 보리스가 입던 바지하고 셔츠를 세탁기로 가져가 처넣기 전에 슬쩍 흘겨보았다. 호주머니들을 죄다 까보고 여기저기 털어보았지만, 담뱃가루와 찌그러진 담뱃갑, 궐련말이용 용지함 외에는 별다른 것이 나오지 않았다.

"근데 좀 이상한 일이네요, 지갑도 신분증도 없고, 돈 한푼 없이 바깥 외출을 하다니……"

대답 대신 영감은 조금은 자조적이면서 왠지 맥이 빠져 있는 한숨을 내쉬었다. 그러고는 덧붙이기를, 전에 없이 자기는 지금 아주 기분이 좋으며, 리바와 관련한 서류들을 손보기 위해 방에 올라간다는 것이었다. 아무래도 보트를 여기저기 손질 좀 해서 다시 사용해야겠는네, 일단 선고에서 빠져나온 그 모습을 보자 다시금 몸이 근질근질해졌다는 것이다.

바깥에서는 앙드레 피에르가 이쪽 기슭에서 저쪽 기슭으로 눈 닿는 곳은 어디든 훑느라고 여전히 만(灣) 이곳저곳을 헤매고 있었다. 그런 그를 멀찌감치 바라보면서, 장모는 때마침 떠오르는 사념을 어깨 한번 들썩 하며 흘려버리는 것이었다. 하지만 분명 머릿속에 떠오르긴 떠오른 생각, 그것은 곧 극단적인 상황에 부닥칠 경우 사위가 어떤 태도를 보일지, 언제든 누가 아이들을 해코지라도 한다면 과연 어떤 반응일지, 아이들을 지키기 위해 어느 정도까지 나설지 등등을 따져보는 것이었는데…… 한마디로 멍청이라고나 할까, 저 사위라고 하는 사내의 꼴을 보아하니 멍청이라는 표현이 딱 맞았다. 온갖 기우(杞憂)와 의심을 들이대느라 모두에게 칙칙하니 잘못만 저지른 것이 아니던가. 요컨대 그의 태도는 결국 이것, 즉 막연할 뿐인 생각만으로 모두를 어리둥절하게 만듦으로써 꿈결 같은 오후시간, 이상적인 바캉스의 한때를 여지없이 망쳐놓은 것에 지나지 않으니……

그녀는 이런 생각을 한 것 자체에 가슴이 덜컹했다.

난생처음으로 사위의 됨됨이를 원망하는 셈이었으니 말이다.

저만치 서쪽 방향에서 다가오고 있는 리바를 발견한 건 바네사였다. 그것은 이쪽을 향해 직진하고 있었다. 쌍안경을 통해 그 광경을 바라보는 바네사는 뒷좌석에서 팔짝팔짝 뛰고 있는 두 어린아이한테 눈길이 멎자 저도 모르게 기쁨의 환호성을 내질렀다. 부랴부랴 그녀는 쥘리에게 쌍안경을 넘겼다. 한데 앙드레 피에르는 그걸 들여다보고 싶은 마음이 전혀 없었다. 그저 멀리, 아무런 감정 없이 눈으로 배를 좇을 뿐이었다. 분노도 너그러움도 더는 감당할 여력조차 없는 것 같았다. 말하자면 허탈해진 셈이었는데, 녀석을 원망할 핑계는 물론, 모두로 하여금 놈을 싫어하게 만들 유일한 기회가 무산된 것이 못내 아쉬울 따름이었다.

분명한 것은 그가 틀렸다는 게 사실로 드러났다는 점이었다.

이제 그는 더이상 어떤 것에도 자신할 수가 없었다. 자신의 직감이 옳다는 것에 더는 확신을 가질 수 없을뿐더러, 직감이라 할 만한 그 무엇을 정녕 가지고 있었는지조차 불확실했다. 다만 이 집안에 대해서만큼은 처음 몸 바쳐 일을 했을 때부터 가져온 확신이 남아 있는데, 워낙에 천혜의 조건이라 온갖 야망을 키우기에 최고의 집안이라는 생각이 그것이었다. 뒤늦게나마 그는 자신의 행동거지에 계산적인 측면이 있었음을 깨닫게 되었다. 솔직히, 자신의 본성을 있는 그대로 볼 경우, 스스로 상당히 전략에 능통하다는 점을 그도 모르는 게 아니었다. 아마도 바로 그런 점 때문에, 툭하면 남들한테서까지 마찬가지 면모를 보려 하는 게 아닌가 싶었다. 자고로 다른 짐승의 굶주림을 늑대만큼 잘 넘겨짚을 줄 아는 존재는 없는 법이다.

해안으로 가까이 접근할수록 리바는 속도를 늦추었다. 언제 난동을 부렸냐는 듯 석양을 배경으로 유유히 미끄러지면서, 그것은 조심조심 고요한 수면을 가르고 있었다. 문득, 앞 유리창 너머 의자 위에 턱하니 버티고 선 두 명의 난데없는 꼬마 검투사가 보였다. 바람에 휘날리는 망토에다 쭉 뻗은 검 끝은 집 쪽을 향하면서, 새로 장만한 듯 예쁘장한 갑옷 차림의 두 꼬마가 언제 울고불고 했는지 모르게 당찬 모습들이었다.

"저기들 오네요!"

바로 위 자기 방 창문을 통해 모든 것을 지켜보고 있던 아버지를 향해 쥘리가 소리쳤다.

"그래 안다, 알아."

방금 전까지 온 집안을 들썩거리게 만든 싱겁기 그지없는 소란을 우두커니 곱씹으면서, 영감은 덤덤하게 대꾸했다. 그러는 가운데에도 그의 시선은, 보리스가 부표(浮標)들을 분명히 벗어나, 수로 따윈 전혀 고려함 없이 섬 쪽으로 거슬러오는 걸 놓치지 않고 있었다. 그건 특히 간조 때엔 터무니없이 무분별한 행동이었다.

모두 식탁으로 와 앉으라는 목소리가 테라스 쪽에서 들려온 것이 거의 열 번은 되었다. 하지만 서로가 서로를 건성으로 보채면서도 누구 하나 즉각적으로 그에 응하는 이가 없었다. 방을 나서는 영감의 눈에 맞은편 복도 끝, 여름에는 전혀 들여다보지 않는 푸른 색조의 휴게실에 있는 보리스가 들어왔다. 그리 잘 보이지 않는데도 진열장 정중앙에 서 있는 것으로 미루어 영감은 사내가 무엇을 감상하고 있는지 분명히 간파했다. 영감은 살금살금 잰걸음으로 다가갔다. 워낙 그런 식으로 사람 놀라게 하기를 좋아하는지라……

"식사 안 하시오?"

"아, 해야죠. 그냥 구경 좀 하고 있었습니다."

"그래요…… 참 멋지죠? 십칠세기 것도 있답니다."

"그게 정말입니까?"

"그럼요…… 왜 그쪽도 있을 텐데…… 내 말은, 당신도 웬만한 건 알 거라 이거죠."

"천만에요."

"허어, 그럴 리가……"

영감은 진열장 밑으로 슬그머니 손을 넣더니 손가락 끝으로 열쇠를 하나 끄집어내며 말했다.

"만사 조심하자는 뜻이라오. 알다시피, 아이들 땜에…… 어쨌든 탄창하고 구 밀리미터 사이즈 탄환까지 죄다 내 방에 있지요……"

보리스가 잔뜩 흥미 당기는 척을 하자, 영감은 내친김에 마치 전문가에게 하듯 소총으로 사격자세까지 취해보도록 권했다.

"눈치를 못 채시는구만."

"뭐가요?"

"삼열 총신 가운데 두 개는 활강(滑腔)식이고 하나는 강선(腔線)식인 것 말이오……"

그 말에 보리스는 감탄하는 포즈를 취하며 물었다.

"어떤 이점이 있죠?"

"총 한 자루에 구경을 큰 것과 작은 것 이중으로 쓸 수가 있다는 거지. 실제로 사냥에서는 어떤 상황에 맞닥뜨릴지 모르는 거니까……"

"사냥을 하시는군요……"

"가문의 전통이라고나 할까. 나로 말할 것 같으면, 오히려 나를 먹잇감으로 생각하는 놈들만 골라서 사냥하고 있지만 말이오…… 우리 영지에만 해도 그런 사냥감은 차고 넘칠 정도거든. 특히 그놈의 멧돼지들 말이오. 하여튼 닥치는 대로 먹어치우는 그 녀석들만큼 성가신 존재가 또 어디 있겠소……"

보리스가 맞은편에 놓여 있는 도자기들 중 하나를 겨냥하자, 영감은 진짜 사격을 하려는 사람한테 하듯 진지하게 자세를 교정해주었다.

"그게 아니지, 손을 좀더 멀리 가져가고, 팔은 조금 낮춰요, 그렇지……"

"말하자면 자기방어 차원의 사냥인 셈이군요……"

"이제 아셨구만. 그래, 당신은 사냥 좀 하오?"

"아뇨."

"저런, 설마……"

"한 번도 해본 적 없습니다."

"사냥을 할 만한 대상이 없었나보지……"

"글쎄요……"

"아니, 굳이 대답하려고 애쓸 필욘 없어요. 내 구미에 맞추려고 노력할 필요는 없단 말이외다……"

때마침 테라스 쪽에서 식탁으로 다들 모이라는 목소리가 다시 들려왔다. 이를 틈타 보리스가 소총을 다시 진열장 안에 위치시키려는데……

"잠깐만, 저기 조준경이 달린 걸로 나를 한번 겨눠봐요. 얼마나 가벼운지 모를 거요…… 그저 나 정도 나이엔 그렇게 좋을 수가 없지…… 단 한 가지 문제라면 반동이 좀 심하다는 거지만. 관절에 아주 치명적이거든……"

"하지만 늘 사용하시는 거 아닌가요?"

"섬에는 녀석들이 좀 드문 편이라오……"

보리스는 도자기를 하나하나 조준해보았다. 목표물마다 빨간색 빛살이 가 닿는 것에, 그는 정말 놀이를 하는 어린아이처럼 즐거워했다.

"솔직히 말해서 그건 실용성보단 그저 좀 튀는 물건이라 할 수 있소. 실제로 그런 빨간 빛살로 멧돼지를 겨눈다는 건 말도 안 되는 소리거든…… 녀석이 제자리에 가만히 있어줄 정도로 고분고분하다면 또 모르지만, 그건 거의 드문 경우고…… 원래 녀석들은 항상 자기가 감시당한다는 걸 느끼고 있거든, 결코 얌전히 있는 법이 없지. 자, 어디 한번 그 빛살을 저 수프그릇에 맞혀봐요. 움직이지 말고…… 좀 어려울 거외다……"

　그때였다, 계단을 급히 올라오느라 숨을 헐떡이는 앙드레 피에르의 눈에 소총을 어깨로 받친 채 실내의 모든 물건들을 유유히 겨누는 그자의 모습이 포착된 것은…… 그는 장모가 지금 식탁에서 어서들 모이기를 목이 빠져라 기다린다며 호들갑을 떨었다. 수프가 식어서가 아니라 가스파초*가 미적지근해지는 것이 더 걱정이라는 거였다. 그러고는, 장인어른이 소총을 진열장 안에 도로 위치시키고, 조심스레 유리를 닫고 나서, 조그만 열쇠를 그 밑으로 밀어 넣을 때까지 잠자코 기다렸다.

---

*차게 먹는 수프. 주로 여름철에 즐겨 먹는다.

2부

 ― 그대는 내게 모든 것을 주었으니

   대신 나는 그대를 보호하리다……

 ― 누구로부터 말인가요?

   ― 나 자신으로부터.

그는 마침내 모두를 데리고 바닷가로 나가는 데 성공했다. 마치 그것밖에는 할 일이 없고 그것 자체가 유일한 목적이라도 되는 듯했다. 심지어 무슨 소풍이라도 가는 것처럼 생각을 불어넣었는데, 가능한 한 일찍 출발해서 그만큼 좋은 자리를 차지해야 할 뿐만 아니라, 정말로 거기서 하루 온종일 죽치고 있을 계획인 것처럼 마실 것과 먹을 것까지 꼼꼼히 챙기기를 고집하기도 했다. 벼랑을 따라 계단이 형성되어 있기에, 사유지 바로 아래까지 펼쳐져 있는 백사장으로 내려가는 데 별 무리는 없었다. 이 상황에서 그것이 터무니없는 짓인 이유는 계획 자체가 별볼일없다는 데 있었다. 그냥 해변에서 먹고 마신다니…… 여름 내내 하루 종일 해변에서 뒹구는 계획밖에는 없는 서 인간들과 하나 다를 것 없이 말이다. 어제 저녁 그가 아이디어를 냈을 때 모두들 의아해했지만, 결국엔 곧장 승복했었다. 그러고 보니 지난 수년간 단 하루도 바닷가에 나와 온전히 시간을 보낸 적이 없었으며, 그럴 생각조차 해본 사람이 없었던 것이다.

준비 상황을 챙기면서 영감은 문득 시간을 거슬러 올라가는 듯한 느낌이 들었다. 즉 아직은 배도 구입하지 않았고 풀장 역시 만들지 못한 상황에서, 하는 수 없이 아이들을 데리고 해수욕이나 하러 나가던 시절 말이다. 딸들은 오랜 세월 사용한 적 없는 돗자리를 끄집어내왔고, 복장은 비키니 수영복에 단추 달린 간편한 겉옷들로 통일했다. 앙드레 피에르는 더이상 아내를 만류할 수가 없었다. 앙드레 피에르는 그저 어떻게들 하나 사람 움직임만 예의 주시할 뿐이었다. 너무 자기만 어긋나 보일까봐 걱정하면서 그는 조금도 거스르지 않으려고 애썼다. 다소곳이 시간이나 때울 겸, 소설책과 유난히 몰입 잘되는 체스관련 서적을 스스로 각각 한 권씩 준비했을 정도다. 다른 사람들이 물에 그토록 쉽사리 뛰어든다는 게 그로서는 잘 이해가 가지 않았다. 어디 그뿐인가, 도저히 감당 안 될 만한 수영복 차림도 다른 사람들은 너끈히 하고 나대질 않나, 자기는 저 이글대는 태양도 너무 차가운 바닷물도 죄다 고역인데 다들 아무렇지도 않다니…… 무엇보다 가장 견디기 힘든 건 사방이 온통 도떼기시장 같은 분위기라는 사실이었다. 하나같이 속옷인지 뭔지 모를 저 차림새에 애들은 또 왜 그리 많은지, 노상 소리를 질러대고 사방팔방 뛰어다닌다. 자기는 물론이고 다른 사람한테까지 물을 튀기면서, 백사장과 바다를 제멋대로 들락거리는 꼴이라니. 마치 자기들 안방에라도 와 있는 듯, 바로 당신의 발등까지 맘대로 짓밟으면서 모래와 물을 실컷 뿌려대고도 무사하지 않은가…… 그는 자신의 가족을 곁눈질로 흘끔거리고 있었다. 전날보다 더욱 미덥지가 않았고, 심지어 정녕 내 가족인지 이제는 자신하기도 어려워졌다. 저런 조건하에서 보리스가 완벽한 사내라는 데엔 의심의 여지가 없었다. 그는 아이들의 놀이에 기꺼이 발맞춰주었고, 항상 무언가 할 일을 찾아주었으며, 모처럼 바닷물에 몸 담그는 데 상당히 뜸을 들여야 하는 영감에게 세심한 신경을 쓰면서 늘 덕담까지 건넬 줄 알았다. 심지어 그는 장모하고도 조금의 거리낌 없이 떠들썩하게 어울렸다. 장모가 일부러 기슭을 따라 오랜 시간 헤엄치고 있노라면, 몰래 물 속으로 앞질러 가 있다가 바로 코앞에서 불쑥 솟아올라 장모를 까르륵 웃게 만드는 것이었다. 두 딸들을 툭하면 그렇게 웃기는 것처럼 말이다……

보리스는 이러한 환경 속에서 다른 어떤 때보다 훨씬 민첩하게 행동했다. 전혀 어느 한 곳에 얽매임 없이 물에서 모래로 모래에서 물로 넘나들었고, 그 두 곳 모두에서 그렇게 편할 수가 없었다.

물에 젖은 손으로 맵시 좋게 담뱃불을 붙이는가 하면, 곧장 다시 물 속으로 뛰어들곤 했다. 자고로 그와 같은 부류의 존재는 따로 있는 법이다. 그들의 몸뚱어리는 원초적 힘으로 충만해서, 어디로 미끄러져 들든 아무런 문제 없이 움직여 다닌다. 바로 그런 점에서, 역설적이게도, 내심 거부감에 일종의 부러움이 섞여드는 것이다. 그 구릿빛으로 그을린 윤기 흐르는 어깨와 근육이 그리는 섬세한 선들, 매번 포즈를 취할 때마다 퍼져나오는 기막힌 조화를 바라보는 것만으로도 여자라면 누구나 한번쯤 만져보고 싶어하리라는 것은, 같은 남자가 보기에도 분명했다.

남자끼리도 그런 기분이라면 어떻게든 같이 어울릴 마음이 들고, 단짝으로 삼고 싶으며, 자주 마주치는 것으로나마 그 힘을 나눠받고자 하는 욕구가 일 수 있다. 하긴 저런 부류는 어디를 가든 친구들이 꼬이기 마련이며, 일종의 천성이랄까, 사람 빨아들이는 방법을 터득하고 있기 일쑤다. 저런 멋진 청년과 사귄다는 것은 곧 그가 가진 능력의 일부를 자기 것으로 취한다는 뜻이고, 그의 탁월한 면모를 함께한다는 의미일 터, 남의 영향을 잘 받기로 유명한 필립이 바로 그와 같은 매력을 친구에게서 느꼈을 것은 뻔한 이치다. 뭐든 돋보이는 것만을 호시탐탐 눈독들이고 남의 능력에 쉽게 경도되는 필립이니, 가까운 곳에서든 먼 곳에서든 자신의 가치를 높일 만한 것이라면 무엇에든 물불 안 가리고 매달렸으리라.

두 자매는 아이들과 함께 파도타기를 하며 놀고, 영감은 류머티즘을 달래가며 해변을 따라 거닐고 있었다. 한편 보리스는 가까운 곳 파라솔 아래 장모와 나란히 앉아 이야기를 나누고 있었다. 그는 시아추*를 들먹이더니, 손바닥으로 견갑골 사이 일정 부위를 문지르며 긴장을 풀라고 속삭이는 중이었다. 그야말로 간이 배 밖으로 나온 자식 아니고서야 어떻게 저리 모든 걸 제 손으로 떡 주무르듯 할 수 있는 건지…… 앙드레 피에르는 체스 문제에 집중하기가 점점 더 힘들어지고 있었다. 저렇게 가까운 곳에서 자신의 장모가 어떤 후레자식과 함께 퍼질러앉아, 소위 몸 풀어준다면서 마음껏 주물러대는 그놈의 손길에 등을 맡긴 채 아예 눈까지 지그시 감고 있는 꼴이 더는 참을 수 없었던 것이다.

앙드레 피에르는 한 차례 부르르 넌더리를 친 다음, 벌렁 드러누워 책으로 눈을 가렸다. 잠시 그러고 있자니, 반복해서 들려오는 파도 소리와 부드러운 바람결에 어느덧 모든 격정이 감쪽같이 사라지고 말았다. 아울러 귓가를 스치는 여러 가지 소리들을 통해 지금 무슨 일이 벌어지고 있는지 아련하게 그려볼 수 있었다.

---

* 일본 전통 지압마사지.

즉 장인어른은 현재 누군가와 이야기를 나누고 있고, 두 쌍둥이 아이들은 신이 나서 꽥꽥대고 있으며, 두 자매는 목소리를 낮춘 채 무언가를 논의중이고, 장모는 이따금 잇새로 웃음까지 흘리고 있는 것이다. 난생처음으로 그는 이 모든 사람들 앞에서 해변에 그대로 누운 채 졸음에 몸을 맡기고 있었다……

"그래 이 치사한 놈아, 곤히 잘도 주무시는구나?"

난데없는 목소리에 앙드레 피에르는 펄쩍 놀라 몸을 일으켰다.

그 녀석은 아니었다. 놈은 여전히 장모의 몸 위로 웅크린 채 목덜미를 주무르고 있었다.

목소리는 분명 다른 어딘가에서부터, 여기 이곳 아니면 저기 저곳 사람들 틈에서 새어나온 것이었다.

저녁식사가 끝났는데도 모두들 후텁지근한 밤공기 때문인지 나른해진 몸을 일으킬 줄 모르고 있었다. 단, 앙드레 피에르만은 위층으로 올라가 용해제를 사용해 사진을 복원하고 있었다. 그는 무엇이든 정밀한 작업이라면 사족을 못 쓰고 몰두하는 타입이었다. 어렸을 적엔 비행기 모형 만드는 일에서 그랬고, 체스 문제를 해결하는 데에서도 역시 마찬가지였다. 이후의 모든 학과과정에서도 그는 한결같은 수준의 집중력을 보였으며, 그 밖의 다른 모든 일에서도 마찬가지였다.

원래 치밀한 그이다보니 작업은 금세 성과를 드러냈다. 노랗고 빨갛던 수염들이 솜에 묻어날 때마다 하나하나 희미해지면서 서서히 녹아내렸다. 마지막으로 조록색 수염이 지워지자 비로소 필립의 얼굴을 알아볼 수 있게 되었다. 십오 년 이상이나 지났는데도 그의 얼굴은 거의 변한 게 없었다. 사진 찍을 때 으레 취하기 마련인 포즈조차 무시하는, 데면데면하고도 뻔뻔스러운 태도 그대로였다. 이 친근한 얼굴과 더불어 하나같이 어린 티가 남아 있는, 어딘지 소심하면서 전혀 본 적 없는 얼굴들이 줄줄이 늘어서 있었다. 그런데 마지막 열에 이르기까지 놈과 비슷한 인상을 가진 얼굴은 하나도 없었다. 하긴 사진 속을 찾는 것보다, 지금 그의 모습이 스스로 주장하는 인물에 부합하는지를 따져보는 게 훨씬 간단할 것이다.

사진 속 모든 얼굴들의 수염 낙서를 말끔히 제거하고 가능한 한 최상으로 복원해도 아무 소용이 없었다. 일단 성가대 전 인원이 완벽하게 모습을 드러내자 오히려 한 가지 사실만 더욱 명확해졌다. 즉 그 모든 얼굴들 가운데 놈의 얼굴만큼은 결코 없다는 사실. 만약 그 동안 얼굴이 너무 많이 변했고, 애써 그 점을 감안해야 한다면 또 모르겠지만 말이다.

또다시 모든 것이 뒤죽박죽, 온갖 추측들이 마치 두통처럼 그를 사로잡기 시작했다. 만약 저 인간이 정녕 뷔장발에는 발끝 하나 들이밀지 못했고, 처남과 결코 아는 사이가 아니라면, 그렇다고 필립이 언제 들이닥칠지 걱정하는 것도 아니고, 그를 기다리기는커녕 나타나리라는 생각조차도 하지 않는 것 같은데…… 혹은 둘이 한패라, 서로 모든 걸 면밀히 짜고 나오는 거라면, 저들이 꾸민 작전은 다름 아닌 이 몸을 겨냥하는 것일 터.

아래층에서는 커피를 마시라며 부르는데, 그는 내려가는 대신 목욕을 하기로 했다. 혼자 조용히 이런저런 가설들을 따져보기 위해서였다. 창문을 통해 아래층 식탁으로부터 떠들썩한 소리들이 올라오고 있었다. 또 여자들 극성스럽게 웃어제끼는 폼이, 보나마나 그 녀석의 사주로 몹쓸 짓거리를 벌이는 모양이었다. 틀림없이 풀장 저만치 가장자리에 떨어져서 몰래 마리화나 한 개비를 말았을 것이다. 거기 그렇게 몰려들 앉아 희희낙락 연기 피워대는 걸 도대체 몇 차례나 이 몸한테 들켰었던가.

다소 지나치다 싶을 만큼 그득한 비누거품 속에서 그는 어느 때보다도 호젓한 시간을 갖고 있었다. 물이 식었는지 한기가 느껴지자, 다시금 더운물을 약간 틀었다. 드문드문 들려오는 대화 소리 중에 문득 그는 보리스의 목소리가 들리지 않고 있음을 깨달았다. 딸들과 장인, 장모 그리고 꼬마 둘은 분명 있는데, 그 녀석만 없었다. 몇 분 전부터 놈의 목소리만 더이상 들리지 않고 있는 거다. 웃음소리도 나지 않고 그냥 말소리도 전혀 안 섞여 있었다. 식탁을 벗어난 것이 아니라면, 아니 혹시 집 안으로, 바로 여기⋯⋯?
물론 바보 같은 생각이지만, 그래도 앙드레 피에르는 욕조에서
허겁지겁 뛰쳐나와 문의 걸쇠부터 확인했다. 무엇보다 그의 속을
썩게 하는 문제는, 모든 것을 속 시원히 털어놓을 수 없다는 점이
었다. 필립과 그의 못된 습관에 대하여 자신이 알고 있는 바를 모
조리 공개할 수 없는 데서 오는 이 괴로움. 요컨대 앙드레 피에르
의 책략에 관해 아는 사람은 아무도 없었다. 필립을 멀찌감치 떼
어놓기 위해 그가 어느 정도까지 조치를 취하고 있는지 누구도 짐
작 못 했다. 그 때문에 따로 비용을 대고 변호사를 고용해왔다는
것, 그러지 않았다면 열 달이 아니라 이 년은 감옥에서 썩었으리
라는 것 등등⋯⋯ 자금 이동에 대해서만큼은 여전히 감시의 눈초
리를 유지하고 있는 영감의 경우, 아메리칸 뱅크 계좌에 정기적
으로 납입되는 모든 금액은 미래에 있을지 모를 그랑드 발레 지역
에의 개발 참여를 대비해 적립하는 자금으로만 알고 있는 실정이
다. 즉, 일종의 전초자금인 셈인데⋯⋯ 어쨌든 단 한 번도 여태껏
필립한테로 가는 돈에 대해 영감에게 말한 적이 없었다. 결국, 필
립이 멀찌감치 떨어져서 사업에 관여하지 못하는 한 앙드레 피에
르는 이런 모든 사정을 혼자만 간직하고 있을 터, 그야말로 물샐
틈 하나 없는 책략이 아닐 수 없었다.

다시 식어가고 있는 물 속에서 그는, 필립이 과연 자기 앞잡이를 이렇게 보냄으로써 무얼 노리려는 것인지 알아내고자 골치를 썩이고 있었다. 뭔가를 더 얻어내려고? 아니면 그냥 겁이나 주려고? 이 깡패녀석이 본색을 드러내기 위해 기다리는 작금의 상황 속에서, 왜 그는 곧장 앞당겨 들어오질 않는 걸까? 이 녀석더러 느긋하게 온갖 편의를 맛보다가 조금은 제것으로 삼아도 좋다는 뜻인가? 제멋대로 풀장이며, 보트며, 경치며, 그 밖에 다른 무엇이든 실컷 즐기라고 말이다……

그는 갑자기 욕조에서 벌떡 일어나 귀를 바짝 기울였다. 이제는 바네사의 목소리까지 잘 들리지가 않는다고 느꼈던 것이다. 아닌 게 아니라 몇 분 전부터 유독 그녀의 기척만이 잘 감지되지 않고 있었다. 일순 오한이 엄습하면서, 등줄기를 따라 일종의 경련이 일었다. 필경 그놈의 테타니 증상이 또다시 닥치려는가 싶은데…… 그는 얼른 창문을 닫았다.

점점 더 미지근해지는 물 속에서 그는 섬뜩한 느낌과 함께, 조만간 피할 수 없는 어떤 현실이 가차 없이 닥칠 거라는 직감이 들었다. 결코 그 상황을 피할 수는 없을 텐데, 어쩌면 최악의 경우를 대비해야만 할지도 모른다…… 자신의 휴가를 궁극의 피난처로서 즐기던 그, 해변에 즐비한 멋쟁이 사내들로부터의 압박과 온갖 유혹, 사실상 자신의 인생과 닮은 휴가 스타일에서 충분한 거리를 둔 채 해마다 이 푸근하고 아무런 위협이 없는 가족 구성원 속으로 자신을 감추던 그…… 그린 그가 이번만큼은 잔뜩 겁에 질려 있는 것이다. 저 보리스라는 존재, 그것은 도둑이 든 것보다, 비단침상에 바퀴벌레 한 마리가 기어다니는 것보다 더 끔찍했으니……

문득 복도로부터, 양탄자에 흡수되는 발소리와 더불어, 서로 주고받는 두 목소리가 들리는 듯한데…… 이건 또 뭐란 말인가?

상황을 직시한다고 해서 아무것도 달라지는 건 없으리라. 녀석은 결국 이곳에 눌러앉고야 말았고, 이제 남은 일은 잠자코 놈을 감당하는 것뿐. 증오가 복받치기를 기다렸다 활짝 펼쳐지도록 놔두는 길밖에는 없다.

이놈의 용기 결핍증일랑 얼른 털어버리고, 진짜 울화통이 치밀도록 스스로를 자극하는 거다. 그래서 녀석한테, 너 때문에 몹시 불편하니 그만 꺼져주지 않겠느냐며, 그냥 남자 대 남자로서 한마디 내뱉는 거다. 원칙적으로 극히 간단한 말이지만, 그걸 입 밖으로 내기가 어찌 이리 힘든지.

거기다 동료와 더불어 더욱 강해진 필립마저 가세해서, 조만간 아주 불공평한 이 대 일의 상황까지 벌어질 것을 감안하면……

어느새 물은 얼음처럼 차가워졌고 몸뚱어리는 와들와들 떨고 있었다. 하도 떨려서 더이상 몸을 주체할 수가 없을 정도…… 어차피 필립이 오는 한 어쩔 수가 없다.

밤늦은 시각의 산책. 천천히 걸으면서 불 꺼진 대자연과 조우하는 바로 그 시간. 마치 세상 바깥을 거니는 것처럼 시간은 더이상 고려의 대상이 되지 못한다. 그렇게 제멋대로의 묵상을 이어가다보면, 모든 사물이 잠들고 각자 저마다의 피로 속으로 잠겨든다.

그날 밤 영감은 왠지 걸을 기분이 아니었다. 오로지 편히 쉬면서 잔디밭에서 올라오는 신선한 기운을 맛보고, 그날따라 잠잠한 바다의 숨결을 예의 주시하고 싶은 마음뿐이었다. 부인의 경우는, 아예 야간산책이라곤 해본 적이 없었다. 당연히 어둠이 겁나기도 하거니와, 가정부를 너무 늦게 돌려보내지 않기 위해 일을 도와주느라 산책할 겨를조차 없었던 것이다.

쥘리 역시 그날 밤은 좀 쉬고 싶다고 했다. 몸이 피곤해서가 아니라, 그저 아버지와 수다나 떨고 싶다면서 말이다…… 한편 바네사와 보리스는 전에도 가보았던 벼랑 쪽에서 해변까지 이르는 좁다란 오솔길을 따라 걸었다. 구릉은 황량함 그 자체였고, 전망을 가리는 그 어떤 건물의 자취도 눈에 띄지 않았다. 심지어 해변 그 자체도 태양과 암벽 틈에 끼여 더이상 존재하지 않았다.

사실 그쪽은 보리스도 전혀 모르는 곳이었다. 대신 그가 아는 건, 아무리 조심스런 태도라도 어떤 마법 같은 순간을 통해 다소 누그러질 때가 있다는 사실이다. 갑작스레 자기 자신에게서 얼마간 초연해진다고나 할까. 이를테면 상황의 용인치가 불현듯 높아지는 순간 말이다. 너무 가깝게 스치고 지나쳤다는 단순한 사실만으로도 어느 낯선 이의 육체가 양심의 가책이나 도덕관과는 무관한 무엇으로 치부되는 것처럼. 지난밤 바네사는 자기 동생과 이 남자가 어느 정도까지 서로 가까워졌는지 제대로 느낀 바 있었다. 조심성이라곤 별로 없이 부산하게 복도를 왔다갔다하는 발소리를 똑똑히 듣기도 했었다. 이젠 한번 발길이 지나간 적 있는 길을 감행하는 것이었고, 너무 집착하지만 않는다면 별다른 위험요소도 없는 서나 마찬가지였다. 그녀의 발치에선 그저 그런 물살이 출렁일 따름이었다.

바네사는 만약 이 남자와 팔짱을 낀다면 쥘리가 단박에 알아채리라는 것을 잘 알고 있었다. 어쩌면 그 정도는 이미 느끼고 있는지도 몰랐다. 이 밤에 그녀는 동생과 똑같은 욕망을 느끼고 싶었고, 똑같은 감흥에 동참하고 싶었다. 그래봤자 이까짓 살가죽에 한해서 서로 공범이 되는 것뿐이고, 똑같은 위험을 감수해 똑같은 지점, 똑같은 가슴팍을 공유하는 것에 지나지 않을 터이다. 왜냐하면, 지금 이 순간 그녀는 바로 이 남자의 가슴팍에 머리를 기댄 상태이므로. 어제는 그녀가 아닌 다른 여자의 머리가, 마찬가지 마법에 홀려 기댔을 바로 그 가슴팍에 말이다.

바다…… 그녀는 이제 머리를 남자 무릎 위에 올려놓은 채, 오랜 시간 그 자세가 만들어내는 각도로 바다를 바라보고 있었다. 그 시선 속에는, 결코 한눈에 파악이 안 되는 세상, 갈수록 혼란스럽기만 한 모든 것 앞에 직면해 있다는 확신이 깃들어 있었다.

사실 조금은 다른 식의 일탈을 꿈꿔왔었는데…… 수도 없이 그것을 상상해오는 가운데, 그녀는 어떤 한 남자에게로 완전히 허물어지는 자신의 모습을 보곤 했었다. 일단 미남이어야 할 테고, 무엇보다 탐욕스러우면서 거칠 것이 없는 사내…… 다소 과격해도 무슨 상관이랴, 둘이서 원(願) 한번 풀자는 정신 나간 심보로 갈 데까지 가보는 것 아니겠는가…… 하지만 지금 그녀는 손가락 하나 꼼짝 않고 있고, 그 역시 마찬가지다. 설사 여자 머릿결을 어루만졌다 해도 거의 느껴지지 않을 정도. 다만 엄청나게 공들인 동작이었을 것만은 분명한데, 그만큼 대상의 값어치를 판단할 줄 아는 분별력이 남자에게 있다는 증거일 터. 결코 상황을 남용한다거나, 그저 그런 몸짓으로 떡고물이나 주무르자는 타입이 아닌 것이다…… 반대로 이 남자는 순간의 가치를 온전히 자기 것으로 거머쥘 줄 알았다. 마치 여자의 그런 태도가 얼마나 예외적인 것인지 충분히 가늠하는 듯, 여자가 그러는 게 이번이 처음임을 모르지 않는다는 듯…… 남자의 절제된 처신은 여자를 더없이 감동시켰고, 욕망에 더해 이제는 감정적인 교류까지 가세해, 모든 마음속 거리낌을 불식시키기에 이르렀으니…… 처음 남자의 손이 다소 집요한 기세로 여자의 몸에 얹혔고, 처음 그 손이 여자의 몸을 정성껏 어루만졌다. 아주 강인한 손, 용기를 위해 빚어진 듯한, 여자에게 강요는 하지 않으면서 거부하기 어려운 기운으로 더듬어오는 손, 어느 한순간 그렇게 친근해질 수가 없고 모든 망설임을 일거에 내던지게 만드는 손, 그리고 마침내 남자의 두 손이 다 동원되고 마는데…… 놀람에서 황홀로, 호기심에서 항복으로 이어지는 정확한 궤적을 단번에 그려냈다고나 할까…… 조금씩 조금씩 여자는 스스로 허물어지고 있음을 느꼈다. 자신을 완전히 내던지고자 하는 욕구가 너 이상은 참을 수 없는 기세로,

지극히 자연스럽게 그녀를 점거해갔다. 그렇게 점점 형세가 고조되어가다가 어느 순간, 더는 인내를 고집하기 어려운 지점에 도달하는데…… 그녀는 원했다. 급기야 남자의 몸뚱어리를 열렬히 갈망했다. 발밑의 딱딱한 바위에서 벗어나기 위해 그 몸뚱어리에 악착같이 매달렸다. 아니, 그녀가 원하는 것 역시 단단한 바위였는지도 모른다. 그녀는 한편으론 차갑고 단단하며, 다른 한편으론 부드러우면서 헐떡거리기도 하는 바윗덩어리가 자신을 품어주기를 원했다. 자신의 육체를 저 바다까지 안아 데려다줄 촉수를 가진 바윗덩어리. 이제 그녀는 수면에 몸을 누인 상태였다. 자신을 규정하는 잡다한 지표(指標)들에서 해방된 채, 그녀는 완전히 몸을 맡겨 헤엄치고 있었다. 당장 원하는 것은 오로지 그것뿐. 물에 푹 잠긴 채로 저 광활한 밤공기를 호흡하는 것, 입으로 들어온 물을 내뱉으며 힘차게 숨을 내쉬는 것, 정신을 차렸다고 소리치지도 않고 물 속이라고 숨을 멈추지도 않는, 그렇게 숨이 막혀 생(生)과 질식 사이를 오가며 한동안 둥둥 떠 있는 것. 수면 위로 팔이라도 걸칠 수 있는 게 아니기에, 그저 몸을 내맡긴 상태로 그녀는 더이상 물이 아닌 어떤 것 속에 깊이 깊이 잠겨가고 있었다…… 남자의 두 팔이 더는 두렵지가 않았다. 생살여탈권을 가진 두 팔, 그러면서도 마지막 순간 그녀를 구원해주는, 도저히 저항할 수 없는 그 두 팔 말이다…… 그렇게 오랫동안 그녀는 온몸

구석구석 바다를 느끼며 유영해나갔다. 아무런 확신도 없지만 그저 모든 것을, 특히 다시 숨쉴 수 있을 때마다 황홀해하면서. 바로 이 남자야말로 여름 그 자체였다. 맨몸일 때나 옷을 입었을 때나, 그 소금기 도는 웃음과 씩씩하게 그을린 살갗하며, 바싹 깎은 머리 때문에 목덜미밖에는 붙잡을 데가 없는, 숨을 참으면 참을수록 더더욱 깊이 몸속으로 파고드는 이 남자. 순간 그녀는 자기가 더이상 다리로 어딜 지탱하고 있지 않다는 것을, 세상 그 어떤 힘에도 의존하고 있지 않다는 것을 실감했다. 오로지 이 남자만을 붙들고 있을 뿐. 사실상 그가 생살여탈권을 쥐고 있든 아니든 그건 별로 중요한 게 아니었다.

쥘리는 이제 완전히 혼자였다. 그러나 흔들거리는 불빛 속에서 언짢거나 한 것은 아니었다. 아무것도 하지 않은 채 그저 그들이 돌아오기를 기다릴 뿐. 아마도 저기쯤 돌아오는 모습이 보일 것이다. 환한 불빛이 거슬린다면 걸어오면서 둘 다 눈을 부벼댈지도 모른다. 그러다가 점차 가까워올수록 빛에 익숙해질 테고. 두 사람은 그때까지 붙잡고 있던 손을 얼른 놓을 것이다. 그 어떤 태도도 꾸며 가질 생각은 없을 것이다. 무얼 감추겠다고 일부러 수작을 부리지도 않을 것이다. 그냥 그렇게 다가와, 굳이 서로 옆자리는 아니라도 거기 어딘가에 앉을 것이다. 당장 무슨 말을 하지는 않겠지만 얼굴에는 똑같이 김빠진 미소, 똑같이 어중간한 분위기의 어색함이 서려 있을 것이다. 하지만 둘 다 멋져 보일 것이고, 둘 다 목이 탈 것이다. 그래, 조만간 그들은 그런 모습으로 나타날 것이다.

이 밤, 그녀는 혼자서 잠들고 싶지가 않다.

"이름이 보리스하고…… 또 어떻게 되죠?"

그러고 보니 모르고 있었다.

"그래, 언제부터 사라지고 없는 겁니까?"

"사라진 건 아니고요, 집에 있는 걸요."

"아, 네…… 그러니까 집에 같이 살면서 이름도 정확히 모르고 있는 그 양반을 좀 조사해달라 이 말씀이신데……"

"저의 장인어른이 누구시냐면……"

"압니다, 알아요. 하지만 누구든 조사하려면 그 정도 이유 갖곤 충분치가 않습니다. 만약 정식 고발을 하신다면 몰라도, 그렇지 않다면야…… 이시다시피 우리가 무슨 흥신소는 아니거든요."

"하지만 불심검문 같은 거라도 할 수 있지 않겠습니까? 네, 비로 그 정도만이라도요. 그냥 여기서 뭐 하느냐, 신분증을 보여달라, 등등 말입니다……"

"이것 보십시오. 다시 말씀드립니다만, 당신 가족에 대해 충분한 존경심을 가지고 있음에도 불구하고 저로선 아무것도 해드릴 수가 없습니다. 일단 집에 함께 사는 사람 이름하고 왜 거기 머물고 있는가 하는 문제를 알고 싶으시다면, 아주 간단한 방법을 권해드릴 수는 있습니다. 그냥 직접 물어보시는 방법 말입니다."

헌병은 누가 봐도 비아냥대는 투가 역력했는데, 순간적으로 좀 너무했다 싶은 모양이었다.

"아시다시피 저흰 선생 가족 분들에 대해서 늘 관대한 조치만을 취해왔다고 생각합니다. 작년만 해도 처남 되시는 분에 대해서 그 어떤 소환이나 통고처분도 가하지 않고 넘어갔지요. 솔직히 말해 그렇게 취한 상태로는 불꽃놀이를 해선 안 되는데도 말입니다. 게다가 전혀 허가도 받지 않았지요. 하여튼 저희는 언제든 선생 가족을 도울 준비가 되어 있습니다만, 솔직히 자진해서 집안까지 들인 사람의 신분조사까지 해드린다는 건…… 그나저나 말씀하신 그 양반한테 무슨 시빗거리라도 있는 겁니까?"

앙드레 피에르는 아무 대답도 하지 않았다. 필경 스스로 너무 흥분했다고 판단한 모양이었다. 아니, 무엇보다 자신이 없었다. 현재 품고 있는 이 모든 의혹들을 억지로 꾸며낸 망상이나 편집증으로 보이지 않을 만큼 적절하게 설명할 자신이 없었던 것이다. 요컨대 그 녀석에 대해 이렇다 하게 내세울 시빗거리가 없었다. 사진 속에서 놈의 모습을 찾을 수 없다는 점 말고는 의혹의 단서랄 것도 별로 없는 상태이다. 그나마 트집잡을 만한 것도 테니스 칠 때 속임수를 쓴다는 점과 반 벌거숭이로 툭하면 야간산책에 나선다는 점, 그리고 너무 데면데면하고 뻔뻔스러운 그 꼴이 영 비위가 상한다는 점이 고작인데…… 그것도 아니면 처제와 아내 주변을 어슬렁대는 태도를 문제 삼든지 해서 질투심에 방방 뜨는 모습이라도 보여야 하는데, 그건 정말이지 우스꽝스런 꼴이지 않은가……

"도대체 그 사람이 선생에게 무슨 짓이라도 저지른 거냐구요?"

앙드레 피에르는 누가 볼까 걱정인 듯 옷깃에 고개를 푹 파묻은 채로 헌병대 지서를 빠져나왔다. 그는 이런 공작이 전혀 도움을 주지 못하며, 앞으로는 혼자만의 힘으로 의혹을 보강하고 증거를 수집해서, 더이상 피하지만 말고 행동에 적극 나서야겠다는 걸 여실히 깨달았다.

지서 안에서는 벌써부터 두 헌병끼리 방금 전의 민원을 가지고 한창 농담 따먹기를 하는 중이었다. 샤사뉴 가(家)에 들렀던 적이 있는 중사는 틀림없이 무슨 치정에 얽힌 사연일 거라면서, 히어

튼 간에 저런 족속들은 할 짓이 없다보니 만사가 그걸로만 귀결된다고 실컷 떠드는 것이었다.

한편 그 동료 역시 같은 생각이 들만도 했지만, 어쩐지 앙드레 피에르에게서 어떤 두려움을 숨기고 있다는 인상이 보다 강하다는 느낌을 가지고 있었다. 대개 고발을 하러 왔다가 마지막 순간에 꼬리 내리기 일쑤인 사람들은 자신의 행동이 미칠 파장에 갑작스레 눈을 뜨고, 소위 경찰조서라는 단어가 주는 압박감, 모든 범죄와 위반행위를 규정하는 그 깐깐한 용어에 지레 겁을 먹기 마련인데, 아까 그자가 바로 그런 부류라는 것이었다……

"……그런 사람 종종 있어. 말 한마디로 덥석 겁을 집어먹지."

집에 돌아온 앙드레 피에르는 온통 집안 분위기를 점령하고 있
는 어떤 흥분 상태에 맞닥뜨렸다. 일단 분위기를 감지하자, 누가
얘기해주기도 전에 그는 상황을 알 수 있을 것 같았다. 사실 모든
가족은 그 안에 끼리끼리의 불만을 감추고 있고, 세상 그 어떤 공
동체의 내부 역시 서로간의 적대관계로 부글거리기 마련이다. 다
만 그 구성원 중 누구라도 오랜 세월 떨어져 있다가 마침내 합류
하게 되면, 평소 악감정을 가질 만한 이유보다 상봉의 감격이 우
선하게 되고, 결국 재회가 가져다주는 환상 속에 저도 모르게 사
로잡히는 것이다.

마침 보리스가 셔츠 매무시를 다듬으며 오만불손한 태도로 계
단을 내려오고 있었다. 앙드레 피에르는 그 단정한 스타일의 흰

옷이 언젠가 바네사가 자신에게 선물했던 디오르 제품임을 즉각 알아보았다. 놈은 짐짓 느긋한 척하면서, 마치 제 집인 양 그 무엇에도 거리낌 없이 노골적인 만족감을 만면에 드러내고 있었다. 한데 팽폴에서 갓 돌아온 앙드레 피에르를 보자마자 그는 괜히 과장된 태도로 툭 건드리기까지 하며 이러는 것이었다.

"그래, 나들이는 괜찮았수?"

앙드레 피에르는 뭔가 심상치 않은 복선이 깔린 태도라고 직감했지만, 과연 그 배경이 무엇인지, 어떤 심보로 저런 말은 하는지는 도저히 알 수가 없었다. 마치 소홀히 대접받은 손님처럼 영 심기가 불편한 가운데, 그는 지금 이 열에 들뜬 분위기에 섞이지도 못하고, 당최 어떻게 처신할지를 몰라 쩔쩔맬 뿐이었다.

"마티니 한잔 어때?"

앙드레 피에르는 그저 어깨만 으쓱하고 말았다.

"싫음 말고, 난 한잔 해야겠어."

두 자매는 거실을 정돈하고 있었다. 무슨 대단한 행사를 앞둔 것처럼 분주했는데, 그 모습이 한층 더 예뻐 보일 뿐만 아니라 다소 도발적이기까지 했다.

이런 분위기에 너무 보조를 맞추지 않고 있는 것도 좀 그런가 싶어서, 앙드레 피에르는 필립이 한 몇 시쯤 도착하는지 물어보았다. 정확한 시각은 장모도 모르고 있었다. 다만 분명한 건 필립이 방금 전에 잡화상한테 전화를 걸어와 폭죽이 제대로 다 배달되었는지를 물었다는 사실이다.

"사실 그앤 자네가 좀 가서 가져올 수 있는지도 물었다지 아마. 보트가 다시 다닌다니까 그러는가보이. 어떤가, 자네가 보리스랑 함께 가주지 않겠는가, 크게 불편하지만 않다면 말이지만."

그는 어떻게든 안 된다는 핑계를 대려 했는데, 이미 장모는 고맙다는 표시로 사위의 볼을 부드럽게 토닥이고 있었다.

그로 하여금 마음을 결정하게 만들려고 모두가 달라붙어야만 했다. 지금은 배 자체도 겁이 날뿐더러, 갑작스럽게 뱃멀미까지 할까봐 꺼려한다고 생각하는 모양이었다. 그러나 정작 문제는 보리스가 이미 운전석을 턱하니 차지하고 있다는 점이었다. 어떻게든 운전만은 앙드레 피에르 자신이 하고 싶은데 말이다. 리바만큼은 그가 모든 걸 달달 욀 정도로 잘 아는 배였다. 하긴 그 옛날, 이곳 내포에서 가장 접근하기 힘들다는 남의 집 귀한 딸 밖으로 끌어내기 위해 하루 온종일을 기꺼이 쏟아부어 지금의 아내에게 정성을 다했던 그때, 얼마나 자주 리바를 몰고 쏘다녔던가. 그 시절, 구명조끼 따윈 걸칠 생각조차 하지 않았던 그는 세 치 혀 놀려 여자들 두루두루 거느릴 재주는 없었지만, 적어도 자기한테 유리한 분위기 조성해서 상대를 요리하기 쉽게 해줄 희한한 절경(絶景) 속으로 여자를 데려갈 능력 정도는 얼마든지 있지 않았던가……그때만 해도 주도권을 쥔 쪽은 바로 그였고, 바네사는 싫증은커녕 거의 만족감을 느끼면서 그저 따르는 입장이었다. 비록 이 남자가 자신을 진정으로 행복하게 해줄 타입은 아닐지언정, 최소한 안정되고 든든하게 살도록은 해줄 수 있을 테니까…… 그래, 그땐 정말 대단했었다.

결국 그를 움직이지 않을 수 없게 만든 건 아이들이었다. 아이들이야 당연히, 아빠가 왜 내일 하늘을 멋지게 수놓을 빨갛고 파란 폭죽을 가져오려 하지 않는지, 그런 놓칠 수 없는 즐거움을 왜 자기들한테 주려 하지 않는지 도저히 이해할 수가 없었던 것이다…… 보리스는 아무 참견도 하지 않고 비웃는 듯한 미소만 잔뜩 과장한 채, 부릉부릉 가속페달을 밟아대면서 얼른 결정이 나기를 기다리고 있었다. 결국 배를 타기로 하자, 보리스는 상대가 간신히 두 발 다 선체로 올려놓기가 무섭게 있는 대로 모터를 가동시키는 것이었다. 덕분에 뒤쪽 긴의자로 벌러덩 나뒹굴다시피 한 앙드레 피에르는 구명조끼를 잊고 탔다는 사실을 퍼뜩 떠올렸고, 딩장 배를 멈추고 돌아가자며 허겁지겁 하소연했다.

등받이에 바짝 엎어진 상태로 그는 선체가 가르고 지나면서 분

수처럼 솟구치는 물보라 너머 점점 멀어지는 아이들 모습을 안타까이 바라보고 있었다. 잘 다녀오라는 손짓을 열심히 해대는 아이들이 튀는 물줄기에 젖기라도 한 것처럼 희부연 윤곽 속에서 어른거렸다. 보리스는 매번 노골적으로 물살을 가로질러 배를 모는가 하면, 난폭하게 선체가 요동칠 때마다 카우보이처럼 극성맞은 환호성을 내질렀다.

　다시금 앙드레 피에르는 이 인간이 얼마나 제정신이 아닌지를 실감했다. 이렇게 해서 또다시 그 모든 폐해를 혼자 감당하게 생겨버린 것이다. 이 못 말리는 또라이 녀석은 어느 날 갑자기 사람한테 찾아들었다가 절대 놔주지 않는 고질병이 그러하듯, 무슨 숙명처럼 그를 덮쳤다고밖엔 생각할 수 없었다. 오로지 그를 괴롭힘으로써 모종의 음모를 실행에 옮기려고 지금 이곳에 와 있는 게 틀림없다. 도저히 믿을 놈이 못 된다는 생각을 다잡으며 앙드레 피에르는 바짝 긴장한 채 상대의 태도를 예의 주시하고 있었다. 그렇게 있는 힘 다해 의자 쿠션을 부여잡고 간신히 버티는 동안, 상대는 마치 더 강한 바람을 맞아 흥분을 배가시키지 못해 안달인 듯, 의자에 앉기는커녕 상체를 거의 배 밖으로 내밀며 더욱 미친 듯이 질주했다. 고개도 돌리지 않은 채, 문득 보리스가 뭔가 입을 놀렸다. 앙드레 피에르는 놈이 무슨 말을 하는지 전혀 들을 수 없었지만, 들으나마나 또다시 아찌다 머저리다 실컷 그를 능

욕하는 말이나 뇌까리는 거라고 확신했다. 분명 또 그놈의 아가리를 제멋대로 놀리면서 반말이나 찍찍 해대고 있겠지……

앙드레 피에르는 마침내 조심스레 일어나 앞쪽으로 자리를 옮기려고 했다. 한데 긴의자를 막 넘어서려는 찰나, 갑자기 격렬한 진동으로 선체가 뒤흔들리면서 그의 몸을 앞으로 퉁겨내는 것이 아닌가. 그냥 가만히 있었는데도 보리스와 정통으로 충돌하는 건 순간이었고, 눈 깜짝할 사이에 바다로 곤두박질친 보리스의 몸뚱어리는 이미 저만치 뒤로 빠지는 물살에 실려가고 있었다……

세상에 저도 모르게 튀어나와 자신의 진짜 속마음을 노출시키는 동작보다 더 사람 골치 아프게 만드는 것도 없다. 이 초 동안 그는 이대로 계속 가느냐를 생각했다. 이 초 동안 그는 마치 아무 일 없었다는 듯 줄행랑치는 걸 생각했다. 하지만 지금 이 상황을 그대로 받아들일 수는 없었다. 무엇보다 의도적으로 그런 게 아니었으니까. 이건 그야말로 복수다운 복수도 못 되고 순간적인 광기의 결과도 아니지 않은가. 그저 잠시 균형을 잃었던 것일 뿐……

그는 엔진에 다시 박차를 가하면서 180도 방향을 틀었다. 보리스는 물에 가라앉지도 허우적대지도 않고 처음 곤두박질친 바로 그 지점에 있었다. 어쩐 일인지 놀란 것 같지도 두려워하는 것 같시도 않았다. 심지어 욕조 안의 어린아이처럼 입 안에 들어온 물줄기를 장난스레 내뱉으며 얌전히 떠 있는 것이었나. 잉드레 피에르는 방금 도로에서 치고 넘어간 짐승을 확인할 때처럼 거부감과 역겨움을 동시에 느끼면서 조금씩 조금씩 접근해갔다. 이런 상황에서 당최 무슨 말을 해야 할지 몰라, 그는 일단 어리둥절해하는 사람 특유의 반쯤 놀라고 반쯤 불안한 표정을 꾸미기로 했다. 이대로라면 미안하다는 말이나, 실수였으니 용서해달라는 말까지 나올 참이었다.

배가 보리스에게 바짝 다가가고 나서야 그는 모터를 끄고, 손 내밀어 잡아주기 쉽도록 선체의 움직임을 가라앉혔다. 내민 손을 맞잡은 상대의 손힘이 엄청나다는 게 언뜻 느껴지는데……

"어이 아짜, 대체 어떻게 된 거야……?"

갑작스런 거부감과 울화통이 울컥 치밀려는 찰나, 이미 괴물 같은 완력에 이끌려 뱃전을 훌쩍 넘어간 그의 몸뚱어리는, 바닷물이 얼마나 차가운지를 톡톡히 깨닫고 있었다.

저 아래 와글와글 올라오는 해변의 소음들, 파도치는 소리와 아이들 장난치는 소리 나른하게 귓가로 흘리면서 여자들은 재회의 순간만을 고대하고 있었다…… 올해는 과연 필립이 또 어떤 태도를 선보일 것인가? 이젠 아예 도통한 도사인 양 거드름피워가면서 노골적으로 술이나 푸고 식탁 위에 마리화나 컬런이나 뻔질나게 마는 등, 이젠 그 누구도 놀라게 하지 못할 구태의연하고 같잖은 도발이나 일삼을 것인가…… 아니면 그저 곱게만 자란 아이처럼, 순하고 고분고분한 아들인 척, 열심히 말 잘 듣는 모습으로 일 년간의 추가 재정지원 약속이나 받아내는 기민함을 선보일 것인가.

제발이지 이번만큼은 완전 구제불능이라는 얘기나 듣지 않도

록 했으면. 만에 하나 또다시 그럴 경우엔 미니바 열쇠부터 숨겨
야 하고, 혹시나 귀가(歸家)하는 소리 안 들릴까 시도 때도 없이
마음 졸여야 하거늘. 그도 아니면 차라리 열쇠 그냥 내깔기고 마
음껏 퍼마시게 놔두고는, 최소한 집에 있다는 건 알 테니 잠이라
도 편히 두 발 뻗고 자든가……

　잡화상은 두 사람이 머리끝에서 발끝까지 몽땅 젖은데다, 한술
더 떠 휴점시간중에 턱하니 나타나는 걸 바라보면서도 별일이라
고 생각지 않았다. 사실 가게는 오후 네시가 되어야 다시 문을 열
며, 그전에는 어떤 이유로든 방해받고 싶지 않다고 누차 얘기해
둔 바가 있었다. 하지만 저 집구석 사람들이라면 그리 놀랄 일도
아닌 것이다. 그러잖아도 저들한테 이런 편의를 봐주는 것 자체
가 지긋지긋한 마당이었다. 매년 그래왔지만 이번에도 이런 일은
마지막이며, 내년부터는 저들 스스로 나서서 폭약들을 직접 주문
해 쓰라고 신신당부해둔 터였다. 여하튼 셔츠며 바지 모두 물이
뚝뚝 듣는 앙드레 피에르는 차마 보리스처럼 저렇게 딱 붙는 수영
팬티 차림으로 나다닐 수도 없는 문제이고, 차라리 나중에 다시
들르는 게 어떻겠냐며 얼떨결에 제안할 뻔했다. 한데, 어느새 가
게 안으로 쓱 들어선 보리스, 주인의 마뜩찮은 시선도 아랑곳하

지 않고 이리저리 둘러보는 것이었다. 마치 눈치를 주고 있다는 것 자체를 전혀 의식하지 못하는 것 같았다. 그는 가게 안을 제멋대로 휘저으면서 온갖 진귀한 물건들에 도취된 듯 이것저것 집적 댔다. 눈이 휘둥그레진 채 각종 연장들을 바라보는 그 태도는 흡사 장난감 가게 안을 헤매고 다니는 어린아이의 그것과도 같았다. 쇠고랑들과 전선들, 드라이버와 망치들, 노루발장도리 등등, 온통 번쩍거리는 강철과 크롬 재질이 마치 보석처럼 현란하기만 한데…… 그것들을 하나하나 손에 올려놓고 무게를 재보면서 보리스는 정밀한 물건들을 감정하듯 그중 어느 것이 자기 손에 가장 잘 맞을까 가늠하고 있었다. 새 망치 하나가 멋져 보였다. 일반적으로 망치들은 웬만큼 닳아 있거나 손잡이 부분이 헐렁해 약간 흔들리거나 하기 일쑤인데, 이건 완벽한 상태인데다 강철 어디에도 녹슨 데라곤 없었다. 게다가 나무 손잡이에 반들반들한 옻칠까지 되어 있어서, 흡사 새색시의 싱싱한 몸뚱어리처럼 미끈하고도 함부로 다루기 어려운 느낌이었다. 그 밖에도 몇몇 노루발장도리를 집어들었는데, 그것들은 단순히 손에 쥐어보는 것만으로도 어떤 에네르기를 주는 것 같았다. 아울러 반드시 한번쯤 사용해보고 싶은, 이를테면 문제의 폭죽들이 보관되어 있는 궤짝 뚜껑을 뜯이니기 위해서라도 꼭 한 번 사용해보고픈 욕구를 불러일으키는 것이었다.

보리스는 그중 가장 큼직한 모델을 골라 계산대 위에 턱 올려놓고는, 앙드레 피에르한테 자신감 넘치는 어조로 이것도 함께 계산하라고 했다. 나중에 갚겠다는 말은 아예 없이 말이다. 이에 대해 앙드레 피에르는, 설사 그것이 가게주인 앞에서의 체면세우기에 불과할지라도 일단 호기 있게 거절의 뜻을 분명히 했다.

"그럼 오늘 저녁 저 궤짝들은 어떻게 열 건데?"

"할 수 없군, 그것도 포함시켜주십시오."

가능한 한 일을 빨리 끝내고 싶은 사장은 부랴부랴 나서서 직접 궤짝들을 옮겨주겠다고 했다. 잠시 후, 가게 저 구석으로 간 사장에게서 누가 좀 와서 도와달라는 소리가 날아왔다. 보리스는 보나마나 무거운 짐일 테니 알아서 빠지라는 식으로 쓱 밀치며 이렇게 내뱉었다.

"공연히 어디 부서질 필요 있겠소……"

그는 궤짝을 한 번에 두 개씩 저 앞 선창까지 운반해나갔고, 따가운 햇살을 고스란히 맞으며 배 위에 차곡차곡 쌓았다. 그러는 동안 앙드레 피에르는 아직도 지갑과 은행카드 케이스를 찾지 못해 이 주머니 저 주머니만 더듬대고 있었다. 그러다 결국에는 보리스를 겨냥해 다짜고짜 욕설부터 튀어나오는 것이었다. 누구 짓인가는 뻔한 이치, 가게 쪽으로 걸어오는 보리스를 고약한 눈빛으로 째려보는데…… 아니다, 실은 그게 아니었다. 필경 둘 다 아까 물에 빠졌을 때 거기서 잃어버린 게 분명했다. 아무리 찾아도 나타나지 않는 휴대전화까지 몽땅 다. 그것들 모두 지금쯤 깊이 오 미터의 바닥에 고스란히 가라앉았을 터……

곰곰이 생각할수록 확신만 더더욱 깊어갔다. 자고로 일생에 도움이 안 되는 인간들이 있는 법인데, 그들은 원래부터가 불길한 존재들로서, 그냥 마주하는 것만으로도 일이 꼬이기 마련이며, 함께 보낸 시시각각이 곧바로 돌이킬 수 없는 위험에 직결되기 일쑤다.

"자자, 너무 걱정 말라구…… 돌아가는 길에 한번 살펴보지 뭐……"

"말도 안 되는 소리, 물에 빠진 곳을 어떻게 찾는다고……"

"나는 할 수 있어. 우선 '라 퀴스 데 담'의 부표들에서 십 미터가 채 안 되는 거리이거든. 다섯번째 수로가 지나는 곳이지. 그러니 너무 안달하지 말라구. 물안경만 제대로 된 거 하나 있으면 잠수야 식은 죽 먹기이니까. 설마 물안경하고 스노쿨은 있겠지……"

그나마 뒷주머니에 수표책 한 권은 무사했다. 앙드레 피에르는 부랴부랴 뒤적여서 비교적 덜 젖은 한 쪽, 내세울 만한 수표 한 장을 찾아냈다.

"그러니까 나더러 물안경하고 스노쿨도 계산하라 이거시……?"

보리스는 굳이 그 선물은 포장까지 할 필요가 없다고 했다. 금방 착용할 물건들이라는 얘기다. 문득 그는 물안경을 앙드레 피에르에게 덥석 씌워보려고 했다. 이런 갑작스런 도발에 앙드레 피에르는 기겁을 하면서, 어렸을 때 이후로 한 번도 그래본 적 없을 정도의 난리법석을 떨었다……

젖은 수표용지 위에 아무리 꾹꾹 눌러도 써지지 않는 펜을 물끄러미 바라보던 상인의 얼굴에 마침내 짜증스런 표정이 감돌았다. 조금이나마 양해를 구해보자는 뜻이었을까, 앙드레 피에르는 뜬금없는 대화를 시작했는데, 일부러 방심한 말투로 필립한테서 몇 시쯤 전화가 왔는지를 물었다. 상인은 수표를 흔들어 말리면서, 처음 전화가 온 것은 이틀 전이며, 오늘 아침에도 모든 게 다 준비되었는지 확인 전화가 왔다고 대답했다.

"그래, 대충 어디쯤에서 연락하는 것 같습디까……?"

"아, 그야 당연히 여기……"

"팽폴에서 이 가게로 전화했단 말입니까?"

"전화가 아니고요…… 지나다 들른 걸요."

창문 밖에서는 궤짝 두 개를 품에 안은 보리스가 지나가는 자동차들을 향해 연신 허세를 부리고 있었다. 즉 자동차들이 멈춰 서지 않는다며 마구 발길질 시늉을 하는 것인데, 그렇게 함으로써 자기가 거리 전체 분위기에 무슨 활기라도 부여한다는 식이었다. 물론 길가 카페 테라스에 즐비하게 앉아 이쪽을 바라보는 관광객들, 그중에서도 특히 아까부터 점찍어두었던 아가씨 두 명의 관심을 끌어보려는 속셈일 테지만 말이다.

"근데 노루발장도리 말입니다, 그건 가져가지 않으실 거죠……? 뭐 괜찮습니다, 제가 자리에 도로 갖다두면 되니까요."

"아뇨, 아무래도 가져가야겠어요."

"그러세요, 그럼."

모든 궤짝들이 선체의 흘수선(吃水線)*을 가차 없이 압박하며 뒷좌석에 어느 정도 자리를 잡자, 드디어 보리스는 눈여겨봐두었던 카페 테라스로 직행해 한잔 걸치기로 했다. 앙드레 피에르는, 저런 화약고나 다름없는 궤짝들을 이런 땡볕에 방치한다는 건 도저히 생각할 수 없는 일인데다, 이처럼 홀딱 젖어 물이 뚝뚝 듣는 몰골에 온통 황당한 기분으로 더이상 나댈 수는 없는 노릇이라며 극구 말렸다. 아니나 다를까, 보리스는 이런 그를 또다시 볼멘소

---

* 잔잔한 물에 떠 있는 배의 선체가 잠기는 한계선.

리나 해대는 것으로 보는 눈치였다. 공감은커녕 비웃는 기색이
역력했고, 거의 역겹다는 표정까지 노골적으로 드러내면서, 더더
욱 도발하는 게 오히려 재미있을 것 같다는 기색이었다. 그로서
는 일단 한잔 걸치기로 마음 정했으니, 그걸 막을 만한 건 아무것
도 없었다. 앙드레 피에르가 아무리 길길이 날뛰어도 소용없었
다. 옷소매를 쥐어짜 물이 뚝뚝 떨어지는 걸 보여주며 사정해도
막무가내였다. 어느새 그는 또다시 녀석의 뒤를 따르고 있었다.
정말이지 그 어느 때보다도 지금 이 친구가 미웠다. 그토록 뻔뻔
하면서, 대놓고 무신경한 꼴이 그렇게 가증스러울 수가 없었다.
한데 아무런 강요나 강압이 없었음에도 불구하고 그는 녀석을 따
르고 있었다.

녀석은 사내 하나와 아가씨 둘, 이렇게 젊은 관광객 세 명이 둥
지를 틀고 있는 테이블 쪽으로 앞장서서 걸어갔다. 사내는 안내
책자에 코를 박은 채 현지 윤곽을 탐구중이었다. 그런가 하면 두
명의 아가씨는 주변의 모든 사람들에게서 풍기는 이국정서를 마
음 편히 즐기고 있었다. 심지어 자기들 쪽으로 곧장 걸어오는 저
남자를 보고도 전혀 겁먹지 않았고, 그 뒤를 쫄랑쫄랑 따르는 똘
마니는 아예 재미있다는 표정으로 구경하는 것이었다. 감히 자기
쪽으로 거침없이 다가오는 남자의 대범함, 그 살아 숨쉬는 참신

함에 온통 들뜬 기색들이었다.

사실 아가씨들은, 방금 전까지 저 남자가 상점과 보트 사이를 부지런히 왔다갔다하고, 지나는 자동차를 상대로 억지 드잡이 벌이는 꼴을 하나도 놓치지 않고 있었다. 함께 있는 젊은 사내는 약간 당황한 듯, 그저 자리만 조금 당겨앉아 낯선 남자에게 합석할 공간을 용인해주는 것 외엔 별 반응을 보이지 않았다. 보리스는 만면에 웃음을 띤 채 두 아가씨 사이를 비집고 앉은 다음, 저의가 의심될 정도의 우아한 태도로 여자들이 미국인일 거라 넘겨짚었다. 한데 그것만으로도 두 아가씨의 얼굴에 화사한 웃음꽃이 활짝 피어나는 게 아닌가. 앙드레 피에르가 보기엔 정말 희한한 일이 아닐 수 없었다.

아가씨들은 아주 더듬대는 불어로 저것이 보리스 자신의 배인지 물었다. 이에 그렇다는 대답을 넘어서, 그는 이따가 한바퀴 돌아보지 않겠느냐며 정중히 제의하는 것이었다. 물론 앙드레 피에르는 어이가 없다는 표정이 되고 말았지만.

"어허, 그렇게 서 있을 필요는 없지. 여기 어디 좀 앉지 그러나……"

시답지 않은 덕담 몇 마디를 활기차게 내뱉은 다음, 보리스는 자기가 미합중국에 대해 아주 잘 알고 있으며 얼마 전에 그곳에 갔었노라고 말했는데, 그로 인해 분위기기 졸지에 동지애로 똘똘

뭉치는 듯했다. 그는 여자들을 미소 하나로 완전히 싸바르듯 하고 나머지 사내한테도 슬쩍 윙크를 던지면서, 다들 무얼 마시고 싶은지 말만 하라며 떠들어댔다.

젊은 사내는 저기 쌓아놓은 저 궤짝들이 대체 무어냐고 물었다. 테러리스트들을 발본색원하기 위한 폭탄들올시다! 라는 대답과 함께 보리스가 어쩌나 눈웃음을 부라리는지, 상대는 저도 모르게 움찔하며 얼굴까지 발갛게 달아오르는데…… 그나마 선선히 대답해준 것에 대해 금발의 그 청년은 짐짓 웃는 시늉이라도 해야 도리인 양 믿는 모양이었다. 구석에서 그 딱한 친구의 머쓱하니 풀죽은 꼴을 지켜보자니, 앙드레 피에르는 얼마간 자신의 모습을 바라보는 느낌이었다. 어떤 점에선 이미 그 친구와 연대의식 같은 걸 느끼고 있는지도 몰랐다.

"자자, 다들 뭘 드시겠냐니까……?"

세 사람은 서로 무얼 마실지 의논하기 시작했다. 문득 보리스의 날랜 시선이 돈 문제를 추궁하듯 앙드레 피에르를 쿡 한번 찔렀다. 그러곤 미처 반응을 보이기도 전에 이렇게 버럭 외침으로써 어중간한 분위기를 일소하는 것이었다.

"……샴페인으로 하지!"

지금까지 줄곧 지켜봐왔고 갖은 뒤치다꺼리까지 해온 끝에, 앙드레 피에르는 이 보리스라는 존재에 관해 최종적인 결론을 이끌어내기에 이르렀다. 처음으로 그는 놈의 곁에서 필립이 얼마나 별것 아닌 존재였을지 상상이 갔다. 처남이 저런 인간을 누른다거나, 심지어 저항할 수 있으리라고는 조금도 생각할 수 없었는데…… 보리스의 곁에서는 다른 누구보다 오히려 필립 같은 젊은이야말로 철부지 취급당하기 딱 알맞고, 허약하기 그지없는데다 완전 농락당하기에 적격인 존재였을 것이다. 틀림없이 처남에게도 놈은 돈 대는 역할을 무수히 떠맡겼을 터…… 보리스는 자기가 원하는 것을 다른 누구도 아닌 처남을 통해 이뤄왔을 것이다. 남에게 이끌려가는 걸 오히려 편하게 생각하는 경우는 차치하더라도, 필립처럼 됨됨이 자체가 느슨하기 이를 데 없는 타입을 요리하는 무수한 노하우를 놈은 가지고 있을 것이다.

……어떤 여자든 처음 보는 순간 제 것으로 만들어버릴 줄 아는 녀석, 오후 네시 이전에 이곳 잡화상을 문 열게 만들 줄 아는 녀석, 이 가족 모두의 마음에 들도록 자신을 연출할 줄 아는 녀석, 모든 이를 자기 뜻에 동조하게 만들 줄 아는 녀석, 그 모든 것을 불과 이틀도 채 안 되는 시간에 해치울 줄 아는 녀석, 한마디로 놈은 타인들을 조종해서 철저하게 자신이 원하는 것만을 행해온 셈이었다.

처음으로 앙드레 피에르는 처남에 대해 동정심이라는 걸 느꼈다. 이런 빌어먹을 녀석한테 휘둘리는 필립을 상상하자, 새삼 그와의 사이가 가깝게 느껴졌고, 서로 끈끈하게 연결되어 있으며 둘 다 허약하고 무시당하는 처지라는, 정말 말도 안 되는 생각이 코끝을 시큰하게 만들면서 머릿속을 비집고 들어왔다. 그러면서도 내심 그런 생각에 발끈한 앙드레 피에르, 갑자기 자리에서 벌떡 일어났다. 자기 딴엔 이만 가겠다는 노골적인 표시였다. 그는 일부러 거친 목소리로 자기는 목마르지도 않을뿐더러, 이렇게 빈둥대기도 지겨워죽겠으니 집에 돌아가겠노라고 버럭 내뱉었다. 한데 보리스는 리바의 시동열쇠를 들어 보이며, 비웃는 듯한 미소로 대답을 대신하는 것이었다. 이어서 중얼거리는 말투로 지시하기를, 그만 다시 자리에 앉아 뒤에 와 있는 종업원이나 방해하지 말라고 했다. 그러고 보니 어느새 등 뒤에는 큼직한 샴페인 한 병과 여러 개의 잔들로 넘칠 듯한 쟁반을 받쳐들고 카페 종업원이 대령해 있는 것이었는데……

한 발 한 발 처지다 결국 모든 걸 잃게 되고, 어쩌다보니 도저히 두 손 두 발 다 들게 되어 마침내 그냥 당하는 수밖에는 달리 도리가 없는 상태…… 앙드레 피에르의 머릿속에는 그 옛날 어렸을

적 끔찍했던 라커룸의 기억들, 바보 같은 반바지를 억지로 입고
는 죽어라 공이나 쫓아다녀야 했던 그 시절이 또다시 떠오르는
데…… 그로부터 생겨나던 노골적인 파벌의식, 썰렁한 농담처럼
답답한 분위기, 정식 경기장을 밟는다는 생각 하나로 희희낙락하
는 시건방진 태도 등등…… 그에게 유일한 해답은 어떻게든 빨
리 부상을 당해 다시 라커룸으로 되돌아가는 것이었다. 그럼 거
기서 옷을 갈아입고 붙박인 듯 벤치에 앉아 다들 끝나고 돌아올
때까지 멍하니 기다린다. 이미 귓속에선 겁쟁이라는 둥 창피하지
도 않느냐는 둥 동료들의 야유가 빗발치는 듯하고, 다들 벌거벗
다시피 하고 땀냄새 진동하는 가운데 혼자만 옷을 입고 있는 우스
꽝스런 자기 모습이 눈에 선하다. 어디 그뿐인가, 샤워장에서 서
로서로 흘끔거리며 비교를 하고, 그 때문에 더더욱 견딜 수 없었
던 그 자식들, 언젠가는 꼭 복수하고야 말겠다고 다짐했던 녀석
들, 그저 자만할 거리라곤 자신들의 몸뚱어리와 그 잘난 몸뚱어
리 때문에 괴로워할 이유가 없다는 점이 다였던 그놈들…… 어
이 아찌, 꿈이라도 꾸시나……

　　앙드레 피에르는 갑작스런 사람들의 폭소에 어안이 벙벙한 얼
굴로 움찔했다. 실은 가게 저 안쪽에서 카페 주인이 전화기를 손
에 든 채 아까부터 그를 부르고 있는 것이었다. 앙드레 피에르를
찾는 전화란다. 바로 맞은편 호텔에서 걸려왔다고 했다.

"여보세요······"

"······필립?"

공기를 주입하게 되어 있는 매트리스를 각각 하나씩 차지하고 누워, 두 자매는 풀장 이쪽 끝에서 저쪽 끝으로 하릴없이 왔다갔다하고 있었다. 그저 필요할 때 발 끄트머리로 툭툭 밀어 추진력을 얻을 뿐, 아무런 힘도 들이지 않았다. 그런가 하면 아이들은 구명튜브에 줄로 연결된 채 계단 위에서 놀다가 가끔 물 위를 첨벙대고 있었다. 서서히 지는 해는 그림자들을 땅에 누일 때까지 길게 잡아늘이는 중이었다. 모두가 축 늘어질, 그런 시간대. 여자들이 이젠 전혀 거리낌없이 몸을 드러내고, 그을린 피부 관리의 즐거움에 여념이 없는 것도 다 그 때문이었다. 요컨대 권태로움에 어떤 의미라도 부여하는 중이라고나 할까. 이따금 시원한 바람 한 줄기 불어와 매트리스의 정해신 궤직을 흩뜨리다보면, 엉뚱한 가장자리에 가 닿기도 하고, 때론 풀장 한가운데에 둥둥 떠 있게 만들기도 했다. 그러니까 그 자체로 하나의 산뜻한 놀이나 다름 없었다.

그 시간대의 해변은 소음이 점점 잦아드는 분위기였다. 소란스 런 웃음소리라든가 파도를 향해 달려드는 짓보다는 그윽한 속삭 임과 드문드문 백사장에 그려지는 발자국, 밤시간을 멋지게 보내 기 위한 계획들이 대세를 이루는, 그런 때였다. 마른 과자를 입에 물고 옷을 챙겨입는 아이들과 자질구레한 짐들을 정리하는 엄마 들, 기운이 다해 스러지는 맥없는 파도와 오히려 그런 바다에 마 지막까지 남아 즐길 줄 아는 일부 몽상가들, 원래 그런 그림에선 시끄러운 소리가 나지 않는 법이다.

바다 위에 떠 있는 배들도 이젠 없었다. 마치 모기떼처럼 극성 스레 왔다갔다하던 소형보트들도 완전히 자취를 감추고…… 저 녁 이맘때쯤이면, 대부분의 선박들이 백사장에 끌어올려지거나 내포 깊숙이 선고 안에 가지런히 자리를 잡기 마련. 붉은 화강암 반 위로 소나무 숲의 따스한 에메랄드빛이 드리워지고 마치 햇살 이 쏟아지듯 물 속 규조토의 반영이 어른거리는데, 그 모든 것 안 에 오로지 하나의 파고(波高), 단 하나의 소음만이 파문을 일으키 고 있었다. 다름 아니라 리바의 모터 소리. 암초의 방책 너머에서 불쑥 튀어나와 절경의 한복판을 꿰뚫듯 모습을 드러낸 모터보트

가 가득 실은 짐 때문인지 더욱 거칠어진 굉음을 내며 다가오고
있었다.

　엄마의 심상치 않은 반응에 아이들부터 곧장 눈치를 채는데……
"저기 와요, 저기요……"

　바네사는 맨발로 잔디밭 끄트머리까지 나아갔다. 멀리 햇살을
받아 번득이는 마호가니 선체가 한 치의 미동도 없이 다가오는
게 보였다. 배 위에는 두 명이 있었는데, 앞쪽으로는 필립이 턱하
니 버티고 서 있고, 그 뒤로는 유리창 너머 운전자가 실루엣으로
만 비쳐 보이고 있었다. 우선 필립을 알아본 바네사가 반가운 마
음에 팔짝팔짝 뛰자, 쥘리도 그제야 일어나 손을 흔들며 달려왔
다. 두 자매는, 속도를 한껏 늦추는 바람에 근엄한 분위기로 다가
오는 V자형 8기통 엔진의 부릉거림을 멀리서부터 눈으로 좇고
있었다.

경우가 경우인 만큼, 저녁은 대형 식탁보 위에서 펼쳐졌다. 보통 때와는 다르게 으리으리한 은촛대도 동원되고 풀장 바닥에 설치된 조명도 밝혀져, 그야말로 둘도 없는 오늘을 기념하기 위한 만반의 준비가 갖춰졌다. 앙드레 피에르와 필립이 누가 시키지도 않았는데 나란히 앉은 것은 이번이 처음이었다. 어머니는 평소 모두 '아들'로 생각하고 싶은 두 사내의 이 새로운 모습을 흐뭇하게 음미하고 있었다. 이는 틀림없는 화해의 징표로서, 일전에 앙드레 피에르를 붙잡고 몇 마디 이른 효과임이 분명했다. 비록 친구처럼은 아니지만 일종의 동료랄까, 어쨌든 서로 타협점을 찾은 관계가 되기를 그 얼마나 고대해왔던가. 이 저녁, 두 사람은 적어도 어떤 한 부분에서는 서로 무척이나 닮아 있었다. 즉 둘 다 그곳에 있는 것을 다소 힘겨워하는 듯한 분위기, 몸은 있으되 마음은 딴 데 가 있는 듯한 태도, 눈빛 속에서 느껴지는 피곤함 등등……

"저놈의 물건들이 워낙에 무거워놔서요……"

필립은 핑계 삼아 연신 그 말만 되뇌었다.

하긴 끙끙대며 궤짝들을 배에서 내려, 절벽 위까지 실어나르느라고 오죽 고생이 심했을까.

어머니, 아버지 둘 다 오늘 저녁처럼 근사한 만찬에 보리스가 참석지 못해 정말 안됐다며 안타까워했다.

필립은 보리스가 못 올 거라는 것과 육지에서 별로 심심해할 것 같지는 않더라고 얘기했을 때, 두 누이가 유난히 실망한 기색임을 눈치챘다. 아울러 아버지 얼굴에 살짝 스치는 아쉬움 또한 간파했다. 모든 것에 그토록 초연하셨고 그냥 편하게 있는 그대로 무척이나 관조적이셨던 양반이 식객 한 명 자리에 없다고 저토록 난감해하는 모습은 처음 보는데……

"그래도 거기서 잠까지 자지는 않을 거야. 물건도 챙겨가지 않았으니까 말이야…… 내 기억엔 아마 웃통도 벗은 상태였던 것 같은데……"

그건 모두들 인정하는 사실이었다. 그가 오후에 출발할 때 위에 아무것도 걸치지 않았다는 것을 다들 분명히 보았다고 했다.

"설마하니 밤새도록 수영팬티 차림으로 나돌아다니지는 않을 테고……"

앙드레 피에르와 필립은 머뭇머뭇, 아마도 조금 늦을지언정 오늘밤에는 돌아오지 않겠느냐며 말끝을 흐렸다. 어쨌든 그 친구는 워낙 수완이 대단해서, 상점 문이 닫히고 수중에 돈 한푼 없다 해도 어떻게든 옷을 구해 입을 것이라면서 말이다.

그렇더라도 아무것도 내색하지 않기란 무척 힘들었다. 이따금 속에서 치밀어오르는 이 불안감, 무슨 사고라도 나는 것 아닐까 하는 이 끔찍한 느낌을 안으로 삭이는 일…… 필립은 구류를 살던 처음 며칠 동안 그런 느낌을 종종 경험했었다. 뜬금없이 엄습하던 그 의혹, 도저히 믿을 수가 없다는 그 느낌, 자신의 처지를 적나라하게 직시하지 못하는 심정, 정정당당 그것을 대면할 수 없는 사정……

"최소한 그 친구에게 '라 퀴스 데 담'의 통로를 알려주지는 않았기를 바래…… 워낙에 대범무쌍한 면이 많은 젊은이라 거길 통해 돌아오려 할지도 모르니까 말이야…… 아니, 이럴 게 아니라 다들 가서 직접 데려오는 게 낫지 않을까?"

"걱정 마세요, 아빠, 괜찮을 거예요…… 게다가 얼마나 훌륭한 수영선수인데요."

"그래도 조류가 너무 강해서…… 사람 일은 모르는 거다. 그 친구 과음도 자주 하지 않니……"

저녁시간은 그렇게 유유히 이어져갔다. 여기저기 은은한 불빛과 귀뚜라미 울음소리가 가볍게 보조를 맞추듯 분위기를 수놓고 있었다. 필립이 문득 풀장으로 다이빙을 했다. 스스로 생각하기에 아직 여독이 가시지 않은데다, 약간은 신경과민인 듯도 했다. 날씨가 더워서인지 앙드레 피에르도 곧장 그를 따랐다.

두어 차례 발차기 끝에 두 사람은, 마치 실내욕조에서나 날 법한 미미한 물소리를 내며 거의 동시에 수면 위로 나란히 떠올랐다. 두 자매는 여전히 식탁에 앉아 서로 아무 말도 하지 않은 채, 완벽한 친화를 이룬 풀장 속의 두 몸뚱어리를 바라보며 은밀하게 마리화나 궐련을 나눠 피우고 있었다.

조수가 한참 낮아진 지도 제법 오랜 시간이 흘렀다. 이제 바다는 다시금 높아지는 단계였고, 그 처음 몇 시간 동안의 상승속도는 여전히 빨랐다. 그 빠르기는 군데군데 수면을 번득이게 하는 조류의 물살들, 흡사 금속의 단면처럼 충만하게, 그 어떤 위협도 감지하기 어렵도록 마치 옻칠 가해지듯 밀도 있게 채워져오는 유량(流量)으로 충분히 짐작할 만했다.

무려 여섯 시간 동안 바다는 그렇게 불어나 바닥의 개흙을 새로 깔고, 그전까지의 모든 발자국, 모든 산책의 추억들을 지우면서, 새로운 그림을 위해 기존의 경관을 여지없이 뒤덮어버리고 말 것이다. 아울러 바닷물이 매 순간 높아질 때마다 이전까진 보이지 않던 온갖 잡동사니들이 해초와 모래로 뒤범벅된 채 해변으로 밀려와 그 모습을 드러낼 것이고, 내일 아침이면 지극히 무료했던 이들의 호기심이 그로 인해 또다시 충족될 것이다.

정녕 필립이 변했단 말인가? 자기보다 먼저 잠자리를 털고 아들이 일어난 것을 알고는 어머니 머릿속에 떠오른 생각이 바로 그거였다. 아침 아홉시, 그는 벌써부터 바깥에 나가 벼랑 끝에 서서, 아버지의 쌍안경으로 만 전체를 꼼꼼히 살피고 있었다. 아마 그가 소리를 듣기까지 어머니가 두 번은 아들을 불렀을 것이다. 커피가 준비되었던 것.

이런 경치, 이런 멋진 전망은 미국을 포함해 그 어디에서도 구경한 적이 없다는 게 아들의 얘기인데…… 게다가 그는 다신 그곳으로 돌아가지 않겠다고 했다. 결코 다시는. 이제 끝. 다 끝났단다. 그 말을 듣는 순간, 어머니는 또 무슨 허풍을 떠나 싶었다. 얼마니 듣고 싶었던 소식인지, 오히려 선뜻 그런가보다 할 수가 없었던 것이다. 아들로 인해 진정 기뻐한 것은 이번이 처음이나 마찬가지였다. 더군다나 이토록 이른 아침 시간에……

필립은 빵에 잼을 바르면서, 어머니가 구운 바게트 좋아하는 자신의 취향을 잊지 않고 계셨구나 생각했다. 그는 커피로 빵을 적시기 전에, 조금은 들뜬 어조로 간밤에 보리스가 집에 들어왔는지 물었다.

"소리는 못 들은 것 같다만. 너도 알겠지만, 내가 봐도 그 청년은 너처럼 늦게 일어나는 타입 아니겠니? 어쨌든 아침형은 아닌 것 같거든."

그렇게 말하면서도 어머니는 덧붙이기를, 그 친구가 얼마나 서글서글하고 매력적인지, 예쁜 짓만 골라서 하고 너 올 때 기다리면서 얼마나 다정다감하게 굴었는지 줄줄이 늘어놓았다. 정말이지 그가 이곳에 있다는 것 자체가 대단한 즐거움이라며 말이다.

일단 옛 동창생 찾아올 생각을 했다는 것이 얼마나 기특하냐면서, 그처럼 건실하고 운동 잘하는 튼튼한 사람과 친하게 사귀는 것은 언제든 유익한 일이 될 거라며 호들갑을 떨었다.

필립은 잼 바른 빵을 천천히 적시면서 그자의 완벽한 처신에 새삼 놀라고 있었다. 불과 이틀 남짓한 시간 동안 이처럼 만장일치의 호감을 이끌어내다니……

"저기 있잖니, 너하고 나만 하는 얘긴데, 그 친구하고 쥘리 사이 말이다, 뭐 확실히 그렇다는 얘긴 아니지만……"

이 말을 하는 어머니의 얼굴에는 더할 나위 없는 화색이 감돌고 있는데……

'어라, 갈수록 점점……'

아들은 그런 생각을 굴리면서 이렇게 반문했다.

"그나저나 엄마, 그 친구 여기 왔을 때 푸른 방을 쓰라고 하셨나요?"

"그랬지. 왜?"

"오늘 아침 거기 덧문이 닫혀 있던데, 어떻게 된 거죠?"

"그래? 그럼 아직 자고 있는 게지……"

"하지만 다들 잠자리에 든 새벽 두시 때만 해도 열린 채였거든요……"

"집에 돌아와서 덧문부터 닫았나보지…… 다들 잠자리에 든 때보다 나중에 말이다."

갑자기 모든 게 뒤틀린 듯했다.

빵 조각은 이미 식은 커피 속에서 흐물흐물해져 있었고, 더는 구미를 당기지 않았다. 무엇보다 위층에 올라가 직접 눈으로 확인해봐야만 할 상황 같았다.

"아니, 마저 다 안 먹니?"

몇몇 소형보트만 띄엄띄엄 닻을 내리고 있는 내포를 저만치 굽어보면서, 앙드레 피에르와 필립은 오늘밤 쏘아올릴 폭죽들을 설치하고 있었다. 일단 궤짝들을 정상까지 올려야 했고, 다시 윈치를 사용해 양지바른 암벽을 따라 천천히 그것들을 내려놓아야 했다.

　이를테면 공사감독은 필립이었고, 폭발물 다루는 걸 돕는다는 생각만으로도 겁에 질린 앙드레 피에르는 더없이 조심스레 점화통들을 하나하나 건네는 게 고작이었다. 게다가 그는 아침부터 화가 풀리지 않고 있는 처남의 신랄한 잔소리를 간신히 견디고 있어야 했다.

　"정말 이상하네. 도대체 어쩌자고 그런 짓을……"

"난 또 그렇게 해두면 사람들이 '아하, 덧문이 닫혀 있는 걸 보니 들어와 있는 모양이로구나' 하고 생각할 줄 알았지……"

"그러면 하루 종일 사람들이 그렇게 생각만 하고 있을 줄 알았단 말입니까? 네? 하루 종일 그의 방만 멀뚱하니 바라보면서 '아하, 덧문이 닫혀 있는 걸 보니 들어와 있는 모양이로구나'라는 생각만 할 거라 이겁니까? 그가 언제까지 잠을 잘까 하루 온종일 궁금해하면서 말입니다……"

"하지만 또 모르는 일 아닌가, 간밤에 그가 진짜 여기서 잠을 잔 뒤, 아침 일찍 다시 떠났는지도……"

앙드레 피에르는 화가 머리끝까지 난 선생님 앞에서 어쩔 줄 몰라하는 학생처럼 기어드는 목소리로 그렇게 중얼거렸다. 이젠 그놈의 빌어먹을 덧문을 닫은 것이 잘한 짓인지 알 수도 없을뿐더러, 애당초 염두에 두었던 논리 자체가 오리무중이 되고 말았다. 심지어 그것이 어떤 점에서, 왜 좋은 생각처럼 느껴졌는지가 기억나지 않았다. 지금 무지막지하게 더워서 이런 건지, 아니면 이놈의 화약 냄새 때문에 두려움에 사로잡혀서 이러는 건지 모르게 얼굴은 갈수록 납빛으로 질려만 가고…… 그나마 다행인 것은 필립의 태도가 제법 의연하다는 것이었다. 뭔가 결연한 모습이 두드러지는 필립, 이는 필경 감옥생활로 인해 얼마간 변화를 겪었음을 의미했다.

"만약에……"

"가정 따윈 그만 해요…… 우물쭈물하기엔 이제 너무 늦었다구요."

필립에게 중요한 점은, 자기를 끈덕지게 물고늘어지고 사사건건 못된 길로 타락시키고 만 그 자식, 바로 그 자식을 결국엔 내쳤다는 것, 여태껏 의식의 칼집 속에 꼭꼭 잠가왔던 칼날, 그러나 한번 빼들면 가차 없는 치명상을 가하고야 말 그 증오의 칼날을 대차게 휘둘러 항상 이러지도 저러지도 못한 채 뒤로 미루기만 해온 거사를 마침내 감행할 수 있었다는 사실이다.

"하지만 정말 친척도 그 누구도 걱정할 사람이 없다는 건 확실한 거야……?"

"거기 그 전선들이나 이리 줘봐요. 거 좀 움직이라니까……"

앓던 이를 뽑아냈다는 것, 무슨 해악을 제거하듯 시원스레 떨쳐내버렸다는 것은 분명 고무적인 일이다. 전날부터 그는 바로 그 생각, 그나마 세상 질서를 바로잡았다는 생각에만 매달리려고 악착같이 애쓰는 중이었다. 하지만 어느새 땀에 홀딱 젖어버렸고, 금방이라도 폭발해버릴 것처럼 뜨거워진 바위와 십여 개의 살벌한 폭죽들로 인해 또다시 함정에 빠진 것처럼 답답한 느낌에 시달리고 있는 것이었다. 이보다 한 단계만 더 열기가 달아오르면 모든 것이 콰쾅 하며 터지고 말 일이다.

"······너도 알다시피 난 안 돼, 이런 상황은 도저히 견딜 수 없단 말이야. 난 안 된다구······"

"나는요, 나는 뭐 이런 일이 늘 있는 줄 아는 모양이죠······?"

"그래도 네 경우는 좀 다르지. 일단 그자한테 시달린 것만 해도 한두 달이 아닌데다, 한번 감옥생활을 하고 나오면 세상일이 예전처럼 보이지만은 않는 법이니까······"

앙드레 피에르는 정말 그 점을 철저히 믿고 있었다. 소위 감방을 들락거렸던 사람이란 별개의 부류에 속한 존재이며, 근본적으로 생각이 일그러진 타입이라는 점. 으레 거친 야수의 모습으로 출소하게 되어 있으며, 오랜 영어(囹圄)생활을 한 자라면 누구나 그러하듯 어두운 기질과 욱하는 성미로 만신창이가 되어 있기 일쑤라는 것이다. 그가 보기에 필립은 더이상 예전의 그가 아니며, 마치 웬만한 두려움과 분노에는 끄떡 안 하게, 모든 인간적 정서를 무디게 만드는 일종의 백신처럼, 감옥생활이 그를 단단하게 굳은 인간으로 만들었으려니 하는 것이었다.

반면 필립의 입장은 오히려 스스로를 훨씬 더 나약해졌다고 보는 편이었다. 여전히 떠나지 않는 파멸의 두려움, 윽박지름으로써 이름이 거명되던 그 시절, 멈춰 서라면 멈춰 서고 움직이지 말라면 움직이지 않아야 하며, 오줌누러 갈 때도 허락을 맡아야만 하던 초짜의 자괴감에서 아직 벗어나지 못했다고 느끼는 것인데…… 요컨대 그는 별것 아닌 일들이 어떻게 자신을 그런 구렁 텅이로 처박게 만들 수 있었는지 아직도 이해 못 하고 있었다. 매일 아침이면 어김없이 입가를 맴돌던 한마디 말…… 도저히 믿지 못하겠어. 마치 더는 놀고 싶지도 않고 모든 게 어서 끝나기만을 간절히 바라는 아이처럼 부들부들 떨고 엉엉 울면서까지 말이다…… 하지만 그 세계에선 아무리 심술을 부리고 고집을 피워도 받아주는 경우가 일절 없었다. 녀석들은 어찌 된 게 서로 질세라 앞뒤가 꽉 막힌 것처럼 굴었고, 무슨 벽(壁)처럼 까칠하기 그지없는 영혼의 소유자들이었다. 갇힌 놈들이나 감시하는 놈들이나 매한가지였고, 날씨는 추워죽겠는데 스웨터 하나 걸치지 않은 채 어슬렁거렸다. 겨울 내내 그는 추위에 벌벌 떨면서 먹고 잠자고 오줌을 싸댔다. 다른 애들이 담배나 마리화나를 구하러 혈안인 동안, 그는 골탄(骨炭)이나 지사제(止瀉劑)를 사려고 뻔질나게 매점을 들락거렸는데, 그 모든 게 가능한 한 최대한 변비 상태를 만들기 위해, 그렇게 하여 다른 놈들에 발맞춰 똥 싸질러대지 않기 위해서였으니……

처음에 보리스는 똑똑하면서 든든한 원군(援軍)이었다. 무엇보다 최소한 다른 놈들 같지는 않은 인간이라 여겼었다. 그 세계에서 보리스는 유일하게 앞뒤가 정연한 존재였고, 진정 얘기를 나눌 만한, 지나칠 만큼 속을 털어놓고, 자신을 보여줘도 될 만한 유일한 상대였다. 장래에 대해 무한정한 비전을 제시하면서, 대신 일정한 보호를 우선적으로 요청해도 괜찮을 그런 존재 말이다. 결국 그런 조건을 통해 별 이득을 얻은 건 아니었지만…… 필립은 자기가 일단 그 어떤 양보도 가능한, 약한 인간이라는 것을 보여준 게 잘못이었음을 알고 있었다. 애당초 그런 녀석한테 자신을 맡기고 그 호위를 요청했던 것이 얼마나 위험한 일인지 가늠하고 있었다. 녀석이 씩 웃으며 뇌까린 말을 그대로 따르건대, 언젠가는 그로 인해 '빵에 가는' 일이 불가피할 것임을 깨닫고 있었던 것이다.

"어쨌든 좋아, 하지만 너는 그래도 지난 수개월 동안 놈에 대해 생각해왔어. 수개월 동안 머리에서 그 자식 생각을 굴려왔을 거란 말이야. 반면 내 경우는, 이 모든 게 난생처음이라구. 겨우 이틀 전만 해도 나는 놈에 대해 전혀 알지를 못했어…… 아니 다 떠나서 이 모든 건 바로 네 일이야, 내 일이 아니라구……"

"이제는 그렇지만도 않죠."

앙드레 피에르의 뇌리엔 장면이 고스란히 남아 있었다. 모든 경관 속에서 자꾸만 그 광경이 떠올랐다. 줄기차게 수면 밑으로 사라져 열심히 지갑과 열쇠들을 찾다가, 다시 숨을 고르느라 물

위로 솟아오르는 보리스. 그로서야 잘난 체나 할 또다른 기회에 불과했겠지만, 매번 그렇게 다시 물 속으로 들어갈 때면 얄궂은 유혹이 또렷해지는 것인데, 완전히 물 속에 잠기기 직전 문득 흐릿해지는 저 얼굴이 제발 다시 떠오르지 말았으면 하고 바라게 되는 것이었으니…… 두 사람끼리는 서로의 마음을 확인할 필요도, 의논할 필요도 없었다. 그리하여 정작 내려친 쪽은 필립이었으나, 노루발장도리를 슬쩍 가리킨 쪽은 앙드레 피에르였던 것이다. 그걸로 이미 공모가 이루어진 셈.

가장 현명한 짓은 모든 걸 다시 시작하는 것. 모든 걸 다시 보기 위해 필름을 뒤로 돌리고, 이틀만 시간을 되돌려 그 일을 아예 피하는 것일 터……

"맙소사, 이미 벌어진 일은 벌어진 일이에요…… 제발 그렇게 훌쩍거리고 있지 좀 마쇼. 아예 한바탕 통곡이라도 하고 치우든가! 어서 돕기나 해요……"

앙드레 피에르는 폭죽들을 하나씩 하나씩 처남에게 건네주었다. 필립은 냉철한 태도로, 아니 거의 희열에 가득 찬 자세로 자신의 꽃불제조기술을 다하고 있었다. 마치 이 자그마한 시한폭탄들에 둘러싸여 있음을 실감하는 것 자체에 어떤 쾌감이라도 존재한다는 듯, 그것이 불이든 화약이든, 심지어 보리스에 대한 기억이든 위험을 가까이하는 것에 일종의 묘미라도 느낀다는 듯……

앙드레 피에르는 점점 더 몸서리가 심해지고 있었다. 이건 어떤 감정의 차원도 아니거니와, 바깥에서 들리는 소음에 잔뜩 긴장하고 지냈던 간밤 때문도 아니고, 오늘 아침부터 저 아래 만(灣)을 두루두루 지켜보아야만 했던 때문도, 모든 것을 감시할 수밖에 없었기 때문도 아니다. 더도 덜도 말고 완전 사리분별 없는 녀석과 공범이 되고 말았다는 의식이 그를 사로잡고 있으니…… 이런 협조관계, 이 흉흉한 사연에 평생 자신의 삶이 엮이게 되었다는 생각 하나로 지금 그는 구토가 치밀 만큼 속이 거북해져 있는 것이다.

"만약에 말이다, 일이 잘못될 경우엔, 제발 부탁인데, 나를 걸고 넘어가진 말아다오. 네가 원하는 건 뭐든지 주마. 단, 나는 아무 관련 없다고만 말해줘. 솔직히 네가 내려친 거지, 난 그저……"

순간, 필립은 질풍처럼, 거의 곤두박질치듯이 바위에서 뛰어내려오더니 앙드레 피에르의 머리를 다짜고짜 움켜쥐고 그 입을 거칠게 벌렸다. 그런 다음 입 안에 마치 대형시가처럼 폭죽 하나를 억지로 쑤셔넣고는, 당장 성냥 하나에 불을 댕겨 이러는 것이었다.

"자, 불붙이지 않는 대가로 내게 얼마나 줄 건데? 엉? 자, 어서 말해보라니까, 그대 목숨 값어치가 얼마나 되는지 좀 들어보자구…… 너 같은 치사스런 놈은 그 자식과 하나 다를 것 없는 역겨운 새끼라는 말이 결국 내 입에서 튀어나와야 속이 후련한 거지? 세상이 죄다 졸로 보이냐? 그 자식과 너의 딱 하나 차이점이라면, 네놈은 모든 걸 돈 주고 살 수 있다 믿는 반면, 그 자식은 그저 써먹고 버리면 된다고 생각하는 거야……"

오후가 저물 무렵 그들은 테라스에 나와 한잔씩 했다. 다들 보리스가 저녁을 들러 돌아올 거라는 데 기대를 걸고 있었다. 보나마나 어디서 낡은 계집과 함께 밤을 보냈을 텐데, 이젠 그나마 싫증난 사내대장부로서, 오늘밤만큼은 멕시코 만류에 끌려서가 아니라 축제를 놓칠 수 없다는 절박한 심정 하나로도 너끈히 돌아올 것이 틀림없었다.

필립과 앙드레 피에르 두 사람은 사람들이 그런 추정을 강하게 하고 있는 것에 다소 안심이 되었다. 그런가 하면, 놈이 그렇게 샛눈을 팔아가며 따로 즐겼다는 생각이 바네사한테는 아무렇지도 않고 오히려 재미있고 익살맞게까지 느껴지는 반면, 좀더 생각이 많은 쥘리는 별 관심 없는 척, 실망한 기색을 감추는 꼴이 역력했다.

7월의 모든 오후 막바지를 수놓는 매력이란 바로 이런 것, 넘실 거리되 쳐들어오지는 않는 햇살, 시원한 샴페인 잔들 사이로 몇 마디 대화가 나비처럼 날아다니고, 하루가 좋았으므로 다들 흡족한 기분에, 나머지 시간은 전혀 색다른 분위기로 새로운 의상을 갈아입고 여흥을 즐기기만 하면 그뿐. 이제 그 즐거움만을 머릿속에 그리며 식탁 앞에서의 느긋한 시간을 위해 각자 샤워를 하고, 즐거운 이 밤을 위하여 몸단장을 하는 것.

모두들 집 쪽으로 다시 모여들었다. 필립과 앙드레 피에르는 각자 접의자에 몸을 파묻은 채 마주 보고 앉아 있었다. 피차 같은 협정에 매인 몸, 서로 아무 말도 하지 않았다.

태양은 정원 입구를 따라 마치 서치라이트 불빛 같은 광선을 내쏘는데, 파라솔 아래를 지나면서 거대한 황금빛 빛무리 안에 두 사람을 감싸안고 있었다. 구름 한 점, 바람 한 줄기 없겠다, 저 아래 바다와 마찬가지로 평화로이 펼쳐진 하늘하며, 그야말로 불꽃놀이를 하기에는 더없이 이상적인 저녁시간이었다. 손에는 샴페인 잔, 빛이 내리쬐는 낮은 탁자 위엔 얼음통 하나 덩그러니, 둘다 눈을 지그시 감은 채 이 축복받은 시간의 평온함을 음미하고 있었다. 마치 진짜 전사(戰士)들이 모처럼의 휴식을 즐기는 것처

럼, 가진 자의 평화를 위하여 각자 나른하게 건배를 나누면서 잔
을 채우고들 있었다.

그들의 신경을 거스른 것은 틀림없이 저 그림자였다.

어떤 실루엣이라도, 저 멀리 정원 철책 사이에서 홀연히 나타났다가 바로 그 그림자가 당신이 앉아 있는 곳까지 길게 늘어져 마치 완벽한 광명 속의 단 하나 오점과도 같이 자신의 음영을 드리운다면, 누구든 곧바로 경계할 생각을 아니 할 수 없을 것이다.

오후 그 시간대쯤, 테라스에 쏟아지는 강렬한 햇살을 손바닥으로 가리면서 필립과 앙드레 피에르는 긴가민가하는 심정으로 실루엣의 정체를 파악하고자 애쓰는데…… 아직은 멀리, 한 사내가 전혀 뜸들이지 않고 이쪽을 향해 천천히 걸어오고 있었다…… 먼저, 설마 하면서도 필립이 자리에서 벌떡 일어났고, 앙드레 피에르는 이미 온몸 심하게 경련을 일으키며 옴짝달싹 못하고 있었다.

사내는 자신을 지켜보는 시선을 의식하는 사람들이 대개 그러하듯, 약간은 과장되면서 별로 안정적이지 못한 걸음걸이로, 이쪽을 향해 걸어오고 있었다. 그가 착용한 레이밴의 광택 나는 렌즈는 번뜩번뜩 반사광으로 면을 만들어 가지면서, 벨벳처럼 매끈하게 다듬어진 잔디와 모든 걸 굽어보며 서 있는 백색 석재 트리아농 궁 스타일의 저택, 계단 아래 막바로 이어진 풀장과 그 위에 두둥실 떠 있는 반투명의 튜브의자, 여전히 임자 없이 방치된 원목 접의자 등등을 하나하나 훑고 있었다.

시선을 어디에 두는지 알 수가 없는 자의 의도를 판별하기는 어려운 일. 바로 그렇기에 누구나 두려운 바를 거기 투사하고, 걱정하는 바를 거기서 발견하기 마련이다. 앙드레 피에르와 필립은 레이밴의 두 렌즈에서 각각 자신의 반영이, 유난히 쌍둥이 같은 꼴로 뻣뻣하게 일어선 채, 정말이지 꼼짝없이 아무 말 못 하고 있는 모습을 지켜보고 있었다. 마침내 두 사람이 서 있는 바로 앞까지 당도한 사내는 느닷없이 활짝 웃었는데, 경계를 풀게 만들기엔 썩 훌륭하다고 보기 어려운 그 육식동물의 아가리처럼 비죽거리는 미소에, 두 사람은 똑같이 어리벙벙한 반사행동으로 손을 쓱 내미는 것이었다…… 사내는 악수엔 응하지 않은 채 얼른 의자 하나를 집어 파라솔 아래 두 사람 곁에 턱하니 놓고는, 잔을 들어 그들을 향해 불쑥 내밀었다. 흡사 대접받길 기다리기라도 하듯, 단지 그것 때문에 여기 이렇게 와 있기라도 하듯……

"자, 어디까지 했더라……"

영감 한 사람만이 자기 방에서 이 모든 것을 지켜보고 있었다. 영지를 넘나드는 멧돼지를 창문에서 감시하던 그 시절처럼. 왜냐면 인간에게는, 특히 욕심에 끝이 없는 사냥꾼의 가슴에는 불신(不信)이라는 것이 있기 마련이므로.

저녁 여덟시가 땡 하고 울리자, 잡화상은 가게 셔터문을 내리려고 밖으로 나섰다. 밖이 안보다 여전히 더 후텁지근했다. 그는 티 하나 소음 한 조각 없는 해맑은 하늘을 슬쩍 한번 올려다보았다. 오로지 드높게 날아가는 비행기 한 대의 선명한 흔적이 흩뜨릴 만한 바람 한 점 없이 일직선으로 뻗어 있을 뿐. 오로지 이 저녁 드높은 곳을 쫓아다니는 찌르레기들의 기분 좋은 지저귐 소리만이 분주하게 떠돌고 있을 뿐. 바로 그때였다, 섬 쪽에서 들려오는 폭발음이 상인의 귀청을 두드린 건. 아마도 폭죽소리일 터, 샤사뉴 가에서 이제야 첫발을 쏘아올린 모양이었다. 다만 아직 날이 어둡지 않은데도 불꽃놀이를 시작하다니 이상한 일이긴 했다. 상인은 섬 쪽을 바라보았다. 하늘에 이렇다 할 섬광이나 광채는 전

216

혀 보이지 않았다.

사실 그날 밤을 통틀어 단 한 차례의 폭발음밖에는 들리지 않았
다. 일말의 광채도, 한 점 불티도, 눈곱만큼의 흥겨운 움직임도 불
러일으키지 않은 단 한 번의 총성밖에는.

소설 『U.V.』의 가시광선(可視光線)과
자외선(Ultra-Violet)

빨강

2003년도 프랑스 텔레비지옹 소설상(Le prix France-Télévision du roman 2003)을 거머쥔 작품. 패트리셔 하이스미스의 『재주꾼 리플리 씨*The Talented Mr. Ripley*』를 연상시키는 심리적 추리물. 앨프리드 히치콕과 클로드 샤브롤의 영상을 보는 듯, 섬세하면서도 그로테스크한 긴장감을 동반한 채 리드미컬하게 전개되는 지극히 영화적인 소설.

주황

한때는 철학을 공부해보기도 했으나, 그보다는 온갖 잡다한 직업을 전전하는 가운데 부초(浮草) 같은 인생을 살아온, 그래서 그런지 수영 실력 또한 발군인 1961년 생 남자. 굳이 '문학' 이라기보다는 그저 '무언가를 써보겠다는 속셈(l'arrière-pensée de l'écriture)'으로 출판사에 보낸 원고들이 '끔찍하게' 반송되어올 때마다 우편배달부를 향한 증오심을 무기 삼아 악착같이 도전하여 끝내는 작가가 된 사내.

노랑

"애당초 제목을 '열기(熱氣, Chaleur)'라든가 '삼복(三伏, Canicule)' 정도로 할까 했죠…… 그러다 'U.V.'라는 표현이 더 없이 적절하게 다가오는 것이었습니다. 작품 속 주인공 보리스가 바로 자외선(紫外線, Ultra-Violet)에 비견될 만한 인물이거든요. 처음에는 훈훈하고 다정다감하게 느껴지다가도, 어느새 활활 불타오르는 그런 인물…… 우리 주변에는 종종 그와 같은 사람들이 있답니다."(『르 마트리퀼 데상쥬 *Le Matricule des Anges*』라는 문학전문잡지와의 작가인터뷰에서)

초록

가식 없고 언뜻 고전적으로 느껴지기도 하지만, 자세히 들여다볼수록 문장의 구조와 어휘의 순서, 메타포의 운용 등등에서 결코 만만치 않은 '흑심(黑心)'이 사람 제법 고민하게 만드는 문체(文體). 모든 문단마다 씌어진 것 이상으로 씌어지지 않은 부분을 염두에 두고 풀어나가야지만 전체적 맥락이 산뜻하게 들어맞는, 그래서 더욱 영화적으로 다가오는 문맥(文脈). 동갑내기 번역자로서, 작가의 '도저히 호락호락할 것 같지 않은 성질'과 암중모색 기싸움을 벌이듯 번역해버린 작품.

파랑

무엇 하나 아쉬울 것 없이 나른하고 따분하기만 한 바캉스. 작열하는 태양과 반짝이는 바다. 그 모두를 굽어보는 때깔 좋은 별장의 말끔한 풀장 수면처럼 정체된 어느 부르주아 가정. 그 한복판 웬 낯선 젊은이가 난데없는 '침범'을 감행함으로써 서서히 일기 시작하는 파문(波紋)들. 그 파장이 각각의 등장인물들에 가 닿을 때마다 서로 다르게 만들어지는 불안한 무늬들. 급기야는 단 한순간 속으로 소멸해버려, 과연 실제로 경험한 건지 아닌지조차 아리송할 정도로 백일몽 같은 악몽의 스토리.

남색

한 조각 한 조각 떼어놓고 보면 그저 그런 설정들이지만 서로 맞물리면서 그로테스크하게 엉켜드는 것인지, 아니면 그 반대인 것인지 모를 '미묘한 시튀아시옹들(Situations délicates)'. 아닌 게 아니라, 2년 전 동명의 제목으로 발표한 소설에 대해 자가 자신이 말하기를 '내 삶 자체가 거의 미묘한 상황들의 연속'이라고 했다던가. 그렇게 수수께끼 같은 상황들을 던져놓고서 그 말미마다 마치 덫처럼, 지뢰처럼 섬뜩섬뜩하니 장치해놓은 파국의 잠재적 분위기들은 또 얼마나 유혹적인지······

보라

매번 상황이 바뀔 때마다, 그러나 파국은 미루어지고. '누가 어떨 것이다' '이 일이 어찌 될 것이다' 하는 우리의 무성한 예감과 추측을 순간순간 따돌리느라 어지러이 교차—선회하는 갖가지 가짜 복선(伏線)과 진짜 암시들의 현란한 유희. 흡사 도화선(導火線)과도 같이, 내면의 불안을 향해 점점 꼬여드는 것 같은 긴장감. 마침내 그 끄트머리에 불을 댕기듯, 한순간의 폭발음 속에 모든 것을 함축해버리는 매우 간결하고도 강력하기 그지없는 결말.

그리고 ULTRA-VIOLET,

이 소설의 보이지 않는 무언가에 매료되었을 당신의 바로 그 느낌!

2005년 여름

성귀수

옮긴이 **성귀수**

시인, 불어와 영어 전문 번역가. 연세대학교 불어불문학과를 졸업하고, 동대학원에서 박
사학위를 받았다. 시집으로 『정신의 무거운 실험과 무한히 가벼운 실험정신』이 있고, 옮
긴 책으로는 『이교도 회사』 『일만일천번의 채찍질』 『오페라의 유령』 『적의 화장법』 『신선
한 똥』 『빛의 돌(전4권)』 『하트셉수트』 『아르센 뤼팽 전집(전20권)』 『창녀』 등이 있다.

문학동네 세계문학
U.V.

초판인쇄	2005년 8월 9일
초판발행	2005년 8월 19일

지 은 이	세르주 종쿠르
옮 긴 이	성귀수
펴 낸 이	강병선
책임편집	김지연
펴 낸 곳	(주)문학동네
출판등록	1993년 10월 22일 제406-2003-000045호

주 소	413-756 경기도 파주시 교하읍 문발리 파주출판도시 513-8
전자우편	editor@munhak.com
전화번호	031) 955-8888
팩 스	031) 955-8855

ISBN 89-546-0001-8 03860
www.munhak.com